紫式部像（土佐光起　筆・石山寺所蔵）

紫式部

●人と思想

沢田正子 著

174

CenturyBooks 清水書院

はじめに

めぐりあひて見しやそれともわかぬまに
　　　　　　雲がくれにしよはの月かな

これは百人一首の中にある紫式部の歌であるが、もともとは紫式部の自選歌集である紫式部集の冒頭に納められていたものである。歌の成立事情を示す詞書《ことばがき》（前書き）によれば、幼いころ親しくしていた友達が、長い間父の地方赴任で都を離れていたが、やっと帰京して再会したものの、あまりにあっけない別れかたに、心残りの思いで詠んだ歌である。

久しぶりにめぐり会ったのに、本当にあなたなのかどうかゆっくりお顔を見るひまもなくお帰りになってしまったのね。私、あなたにお会いするのを、どんなに楽しみにしておりましたことか。待ちに待った夜半の月が雲に隠れてしまったようで、残念に思えてなりませんわ。

そんな意味であろう。この友達は無論女性であろうが、式部は同性の友人には比較的恵まれていたようである。後年の宮仕え生活においても、厳しい現実の中で大きな心の支えになった同僚女房たちとの交友の記録が日記のなかに残されている。早くに母を亡くした式部は姉を人一倍頼りにしていたが、その姉が若くして世を去ったとき、たまたま同じころ妹を亡くした友人がいて、互いに姉妹の約束をして文のやりとりをした、そんなほほえましい記録も歌集の詞書に見えている。

ところで百人一首とは藤原定家（平安末期から鎌倉初期に活躍した歌人）により、万葉時代以来の著名歌人百人の代表作を一首ずつを選んで編集された歌集であるが、恋に関する歌が非常に多く収められている。平安の女流作家たち、例えば清少納言や和泉式部、右大将道綱の母などの場合もそうであるが、紫式部はなぜ違うのであろうか。あれほど恋多き光源氏の一大ロマンを世に問うた式部が、なぜ百人一首に恋の歌を残せなかったのか、いや定家がそれを選ばなかったのか、興味深いところである。

その答えはなかなか簡単には見つからないであろうが、前述の女友達とのかかわりとも無縁ではないかもしれない。それは紫式部という人、その人と作品を虚心に辿《たど》ることによりほの見えてくることなのかもしれないが、何よりも式部の歌を恋歌にしなかった定家という歌人の、彼女に対する人間観察、眼識にも敬服せざるを得ないかもしれない。

紫式部は今さら言うまでもないが、平安中期の後半頃、藤原道長の時代に活躍した女流作家である。当時は今でいうプロの作家というわけではなく、あくまで才に恵まれた一人の宮仕え女房《にょうぼう》（宮中や貴族の邸《やしき》に仕える女性。女官や侍女たち）であった。たまたま宮仕え先の藤原道長家でその文才を買われ、多々文筆活動の支援を受けたこともあって、大作源氏物語の作者として今日に勇名を馳せているが、その素顔はどのようなものであったのか。ユネスコの世界偉人の列に加えられてしまった式部であるが、実像はその華々しさに見合ったものなのだろうか。

紫式部には源氏物語のほかに、主家道長家に仕えた出仕記録を中心とする紫式部日記一巻と、前述の自撰歌集紫式部集一巻が残されているが、分量的には、後二者は源氏物語に比べてごく短いものである。

ここでは紫式部日記及び源氏物語を中心に彼女の人間としての人生の歩み、心の内奥の軌跡を探り、久しい歳月を経て結実したライフワークとも言える源氏物語に託された深い思いにできる限り迫ってみたい。静謐《せいひつ》に物語の行間を辿ることにより、千年以上も前の一人の女性の魂のあり様を見つめ、また百人一首の式部の撰歌によせる定家の想念も探ってみたいと思う。

それにしても浅学非才の身で、紫式部のような大人物の生涯や思念の道筋を語ることは厚顔無恥の譏《そし》りを免れないが、あえて拙い筆に託してみたのは、凡庸な者から偉大なる人の面影を望み見ることに自分なりの関心を覚えた所以である。この稚拙な筆の跡に一見華やぎと光彩に満ちた平安の宮廷社会に生きた一人の女人の、そして人々の、喜びや悲しみ、真摯な心の内面世界をいささかでも伝えることができれば無上の幸いである。

また無力な身にこうした機会を与えて下さり、久しい間言葉に尽くせぬ御指導とお励ましを賜った渡部治先生に心より感謝し、厚く御礼申し上げる。先生の温かいご教導がなければこの書を編むことはできなかったと思う。また、本書の出版に関して過分なご配慮、ご厚情を賜った清水書院の清水幸雄氏、村山公章氏ならびに担当の猪狩光代氏、吉田美穂氏はじめ関係各位に衷心より厚く御礼申し上げる。

平成十四年夏

沢田正子

〈引用本文の出典〉（文中の原文の引用本文は次の通りである。）

○紫式部日記・紫式部集は新潮日本古典集成『紫式部日記・紫式部集』（山本利達校注 新潮社）による。

○源氏物語は日本古典文学大系『源氏物語』㈠～㈤（岩波書店）による。

○枕草子は日本古典全書『枕冊子』（田中重太郎校注 朝日新聞社）による。

○蜻蛉日記は新潮日本古典集成『蜻蛉日記』（犬養廉校注 新潮社）による。

〈写真提供〉（数字はページを表します）

石山寺……表紙カバー・口絵
横浜美術館……四二・八四・九九・一三五・一五三・一五六・一七一・一八四・二〇三
武生市……七六
京都国立博物館……九二・二〇一
徳川美術館……一二六・一三七・一四六
五島美術館……一三一・一三三
宮内庁三の丸尚蔵館……一四三
東京国立博物館……一七〇

目次

日
本
海
金沢
福井
武生
若狭湾
敦賀
城崎
琵琶湖
名古屋
京都
石山寺
宇治
姫路
明石
伊勢湾
播磨灘
須磨
堺
長谷寺
大阪湾
吉野
太
平
洋

紫式部関連地図

第一章　紫式部と宮仕え

（一）　宮仕え女房紫式部

父を嘆かせた娘

次は紫式部日記の一節で、紫式部の少女時代の様子をよく伝えている著名な挿話である。彼女の父は学問好きで幼い息子（紫式部の兄か弟）に漢詩文などを教えることが多かったが、式部もよくそばで聞いていたという。

この式部の丞といふ人の、童《わらは》にて書《ふみ》読みはべりしとき、聞きならひつつ、かの人はおそう読みとり、忘るるところをも、あやしきまでぞさとくはべりしかば、書に心入れたる親は、「口惜しう、男子《をのこご》にてもたらぬこそ幸なかりけれ」とぞ、つねになげかれはべりし。

〈新潮日本古典集成『紫式部日記』九七頁、以下の引用同じ〉

式部の丞とは式部省（現在の文部科学省にあたる役所）の三等官（長官、次官の次の役人）であるが、紫式部の兄弟である。兄か弟かはっきりしないが、その人の幼少時の回想で、せっかくの父の講義もなかなか覚えず忘れてしまうこともあったが、そばで聞いていた式部の方がすらすらと驚くほど早く覚えてしまった。そこで父は「ああ残念だなあ、おまえが男の子であったらなあ。男の子でなかったのは何とも不運なことであった」と言っていつも嘆いていたというのである。

紫式部の家系は代々学問に秀でていたが、役人として身を立てるため息子にも幼少時より厳しい家庭教育がなされていた。しかし、皮肉なことに当人より娘の方が格段にすぐれていたのである。娘が優秀だといって親が嘆くのも現代から見れば奇妙な話であるが、貴族の女性の生涯はおよそ家庭内に閉ざされていた当時、幼い娘の漢学の才能などさして喜ばしいことではなく、一家を支えるべき男子にこそ望まれるところであった。父親が「つねに嘆かれはべりし」とあることからも、二人の子供の逆転現象は一度や二度ではなく毎度のことであり、それだけこの少女の才が際立っていたことになる。父は二人を並べて学問を教えていたわけではなく、あくまで対象は息子であったが、たまたま横から聞き覚えてしまった少女が圧勝してしまったのである。その聡明な少女が後に源氏物語という大作を創出する紫式部その人である。

宮仕え女房の立場
-女の職場-

さきに女子には学問など身につけても社会での活躍の場はないと述べたが、唯一の例外が宮仕え女房として宮中や権門《けんもん》貴族（有力な大貴族）の邸《やしき》に出仕することであった。紫式部もその例外中の一人として、当時藤原氏の筆頭であった道長家に仕えて多大な成功を収め、源氏物語という大作を世に出すことができたのである。紫式部や清少納言をはじめ、そのころの文学史上には才能ある宮廷女房たちが多数名を連ねているが、なぜこのような現象が起こったのであろうか。というのも日本文学史をひもといてみても、女流たちがこのように一時期に大活躍する時代は他に例を見ないからである。

それは当時の政治体制と深くかかわっての必然の成り行きでもあった。一般に政治と文学とはあまり縁がないようであるが、この時代は不思議なほどに見事に合致していたのである。藤原氏の摂関政治体制が定着し、有力貴族たちは政権獲得のため最も有益な方法として、帝や皇太子との姻戚関係を強力に結ぶことに腐心した。すなわち自分の娘を帝など帝位に直接かかわる皇族の夫人として後宮《こうきゅう》（帝の夫人たちの御殿）に入内《じゅだい》（輿《こし》入れ）させ、そこに生まれた皇子を次の帝や皇太子にすることで家門の繁栄、栄達をはかったのである。

当時の後宮には複数の皇妃（夫人）たちが同時に存在していたため、多くの競争者のなかでわが娘が一際帝の関心をひき、愛されるように輝かせなければならず、そのために入念な女子教育が要請されることになる。いわばよき子女を養成することが一門の発展につながるわけであるが、家庭教育及び入内後のさらなるケアーの役目を担って集められたのが才能ある女房たちであった。学問、文学、音楽、芸術等、諸々の道に秀れた女性たちがスカウトされ、姫君の側近として養育、教育全般に携わったのであるが、女房たちは姫君への教育、世話係のみではなく、自らの才能を存分に磨き、発揮させる場も与えられていた。それぞれが得意とする分野の能力を生かし、すぐれた作品や演奏などを手がけることにより、自らの名声を、そして主家のそれをも高めることになったからである。

これは今でいう教育と研究の二面での活躍が女房たちに期待されていたのであるが、貴族たちは彼女たちの才能を磨き光らせるために労を惜しまなかった。各々の能力を十分にのばすために必要な時間的、空間的、物質的多様な面から援助を行い、それを娘たちの、そして家門の名誉と繁栄の糧《かて》としたのである。そして、こうした政治的とも言える貴族たちの後援を得て見事な結実を見たのが、源氏物語や枕草子に代表される平安女流文学の一群であった。しかしこれは摂関政治体制のなかに短く激しく燃焼した一時の花であって、藤原体制の衰退とともにあっけなく消え去る運命を余儀なくされていたのである。

紫式部という呼び名

ところで、紫式部という名前はとても優雅な趣であるが、どこから名づけられたのであろう。無論実名ではなく、女房として出仕する際につけられた仮の名で、召名《めしな》というが、今でいうニックネームにあたる。江戸時代の遊女などが、初音、白雪などという芸名、職業名を持っていたのと同じである。平安時代ごろ、実名を呼ぶのは不吉であるとか非礼であるという中国の因習なども影響して、高級官僚や役人たちは役職名や住居のあった地名などで呼ばれることが多かったが、女房たちもそれに習ったようである。

それでは紫式部の本名は何かというと、残念ながら不明である。藤原姓であることは確かであるが、藤原○子というのかは伝えられていない。当時の女性たちの実名は帝の夫人になった人や、ごくわずかな高級女官などを除いて現在に伝えられることはほとんどなく、源氏作者として世界的に著名な人も例外ではない。それは清少納言や和泉式部も同様である。ちなみに当時から貴人の子女の名は「○子」というのが一般であるが、式部は「藤原香子」ではないかとする説があるが、確証はない注(1)。

さて宮仕えに出る場合、多くは実家（生家）の父や兄弟たち、あるいは近い親族の誰かの官職名で呼ばれ、同じ官職名をもつ女房が複数いるときは、それぞれの氏の一字を冠して区別していた。例えば「中納言の君」という場合、藤原氏の出身であれば、藤中納言、源氏であれば源中納言ということになる。紫式部の場合、前述のように兄弟が式部省の役人であったことにより、習慣通りはじめは藤式部《とうのしきぶ》と呼ばれていた。が、後に、源氏物語の作者として著名になると、物語のヒロインの紫上《むらさきのうえ》と藤原氏の藤のイメージの通い合いから、いつしか紫式部と呼ばれるようになったようである。

同じく式部の名で知られる和泉式部は大江氏の出身で、はじめは江《ごうの》式部と呼ばれていたが、初めの夫が和泉守であったため和泉式部となったのである。

それにしても紫式部という命名は物語の世界のイメージを見事に象徴しているようで、この作品に寄せる読者たちの深い思いと美しい夢が自在に育まれているようである。

(1)角田文衛氏によると、紫式部の本名は藤原香子ではないかという。
「紫式部の本名」（『古代文化』第十一巻、第一号　『紫式部の身辺』昭和四〇年　古代学協会）

紫式部の宮仕え意識
―清少納言と比べて―

紫式部が源氏物語を創出しえた背景には、稀有なる天分とともに宮仕え生活での諸々の体験や現実認識、また幼いころよりの漢学の教養や耳学問などが大きな糧となっていたことは言うまでもない。が、彼女はその内なるわが才に酔い痴れ誇示することは全くなく、ひたすら無知を装い、いわば鋭い爪を隠すことによって周囲との協調をはかり、宮廷生活を円滑に送れるよう苦慮していたのである。式部が道長家に招かれたのは源氏作者としての名声を恃《たの》んでのことであったが、受け入れ側の女房たちにとってはともすれば好ましからざる新参、賓客ともなりかねない。しかし人々の予想に反して当人は実に謙虚でひかえめで、才気ばしることなど一切なかったのである。それは当時を回想した日記の中に、「あなたがこんなに穏やかで優しい方だとは思わなかったわ。さぞかし利口ぶった生意気な人だと思っていたのに」と、周囲は一様に驚きを隠せなかった、とあることにも明らかである。また、

一といふ文字をだに書きわたしはべらず。いとてづつにあさましくはべり。

ともあるように、人前では、屛風に書かれた漢詩のことなどを聞かれても一切読めないふりをし、漢字の「一」という文字すらも書かないようにしていた。それは何とも手持ち無沙汰で自分でもあきれるような自己抑制ぶりであった。

右は当時の女性と学問との一般的イメージをよく示す事例であるが、このようなポーカーフェイスを装うことにより周囲との調和を保ち、水面下で物語執筆のなかに自らの才能、能力を存分に発揮する場を得ていったのである。

ところで、紫式部は同時代の才女の誉れ高い清少納言と比較対照的に扱われることが多い。たとえば、清少納言が明るく快活で、自らを積極的に前に出す陽の傾向が強いのに対して、式部は内省的、ひかえめで、自我を表明することを避けるような、消極的、陰の傾向が強い、等々である。しかしこれらは必ずしも当をえたものではなく、あくまで一般論であり、個々には双方とも実に多種多様な人間像を持ち合わせていたようである。

例えば、さきの式部の幼少時のエピソードにしても明らかに自身の少女時代の自慢話であり、枕草子の中に頻出するいわゆる自讃談注(2)とさしてかわりがない。また後にふれるが、紫式部日記の中の女房評などにもかなり辛辣な面もあり、ことに清少納言への批評に至っては紫式部の人間像のイメージをもくつがえしかねない趣である。つまり式部は必ずしも教科書的な理想的賢婦人であったわけではなく、多分に人間臭い、それだけに親近感のわくキャラクターの持ち主でもあったようである。それゆえにあれだけ複雑怪奇とも言える大人間絵巻を創造しえたともいえるであろう。

(2)枕草子のなかには清少納言の宮廷生活を綴った日記的章段の折々に、彼女が得意の漢詩文の才能を発揮して主家の人々や貴公子たちをあっと言わせた話が見えている。かなり多くあり、これらを自讃談（いわゆる自慢話）と呼んでいる。

（二）宮仕えへの道のり

宮仕え以前のこと
―生い立ち―

清少納言と違って紫式部は宮仕え生活に前向きになれず、常に不本意な日々を送っていたようであるが、諸々の苦汁、障害とひきかえるように、燦然と輝く文学的才能を存分に開花、燃焼させていったこの一見地味な女房は、宮仕えに出る以前はどのような生活をしていたのであろうか。

少女期のエピソードの際にもふれたが、彼女は学問、文学に秀でた家系に生まれ、父は藤原為時《ためとき》という受領《ずりょう》（地方官、国司）クラスの、いわゆる中流のあまり豊かではない貴族であった。同じ藤原氏でも道長家とは大きな落差があり、これは他の女流作家たちの家もほぼ同様であった。いわば王朝女流文学の花は、超一流貴族の姫君たちに仕えていた二、三流貴族の娘たちによって支えられていたことになるが、また彼女たちの才能を引き出し、十分に燃焼させることにも積極的に協力したのが姫君たちの父や兄たちであった。その意味では華麗なる王朝女流文学の開花は当時の一流貴族と二、三流貴族の娘たちの見事な合作であったということもできよう。

為時は地方の国司を何度か務めたが、地味な存在であった。詩文に優れ、学問、教養ともに十分な人材であったが、現実的栄達の道からははるかにはずれていたのである。母は同じ藤原氏の出身で、式部の幼いころ他界している。同じ母から生まれた姉と兄（または弟）があったらしいが、姉も若くして世を去っている。母の没後、弟妹の母代わりとなり式部の最大の理解者、相談相手でもあった姉の死は一家の打撃であり、ことに式部の悲しみは深かった。二人はことのほか親密な姉妹で、愛する姉の早世は式部の人生に多大な影響を及ぼすことになったと言っても過言ではない。紫式部集から窺《うかが》えるそれまでの明朗、快活な少女の面影に、人生に対する深い哀感が芽生えたのもこのころであろう。また同じころ妹を亡くした女友達と姉妹の約束をしたり、後の宮仕え時代に、小《こ》少将《しょうしょう》の君という年下の女房と姉妹のような信頼関係を築いているのも、姉の死と無縁でないかもしれない。

かくて家庭内には父と弟妹が残され、式部は一家の主婦代わりの立場に置かれ、いつしかいわゆる婚期なるものも遠ざかっていった。が、それなりに不満も少ない平穏な日々が経過していったようである。

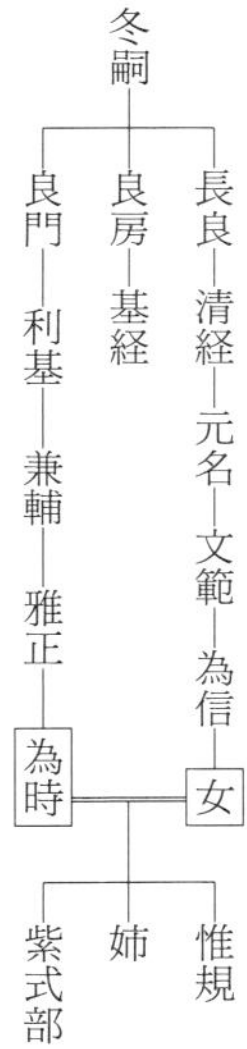

長徳二年（九九六）父為時は越前守になり、式部も父とともに任国（今の福井県）に下った。約二十五、六歳のころである。越前の国府は現在の武生《たけふ》市にあり、京都を離れたこの地での生活は山紫水明のゆたかな自然環境の

もと新鮮な視野と感動を与えてくれた。幼いころから文学好きの彼女に、後年物語作者としての天分を発揮させるための諸々の体験と見聞を提供してくれたはずである。生活の舞台、環境を変えることは従来の世界では見出しえなかった新しい感慨や想念を育む機縁となることも多い。源氏物語の舞台に京を去って須磨、明石、宇治などの境界が存分にとり込まれているのもこの経験の所以であろう。ちなみに現在、武生市では紫式部父子の武生移住千年を記念して諸々の企画が検討され、市の活性化に役立てているという。注(3)

都を離れた老父との生活の中で、詩情に富む異文化に触れながら文学少女、いや文学娘の感性は健やかに育まれていったと推察されるが、この生活は意外に早く終止符を打つことになる。国司の任期は通常四年であるが、わずか一年半余りで彼女は単身帰京することになった。父を任地に残してなぜ一人京に戻らなければならなかったのか、それは遅く訪れた結婚のためであった。

(3)武生市では平成9年、紫式部の武生来遊千年を記念して諸々の記念行事を行っている。その一つに記念誌「紫式部千年祭一九九六」(武生市教育委員会)がある。

結婚

式部の結婚の年齢は定かではないが、二十数歳前後といわれ、当時の一般常識からするとかなりの晩婚であった。高級貴族の子息、子女たちは早くは十二、三歳ごろからその時期が始まり、二十歳前後がすでに終盤で、三十歳近くとはまさに今でいうオールドミス、ハイミスの極みであった。もっとも式部はそれ以前に結婚の経験がなかったとは断言できないが、諸々の状況、諸資料から総合的に検討して、越前から帰京した時が初めての結婚と見るのが普通である。

この遅い春にめぐり会った相手とは藤原宣孝《のぶたか》という遠縁にあたる人で、家格も式部の家より上で、羽振りのよい、かなりのエリート官僚であった。家柄、学問、教養、官僚としての才覚など、いずれも申し分なく結婚相手としては十分であったが、ただ、年齢差が大きかった。当時、宣孝は四十数歳ぐらいで式部とは親子ほどの差があり、先妻との間に子供も多く、長男の隆光《たかみつ》は式部と同じくらい、いや上であったとも言われている。そのころはかなり年令差のある結婚も珍しくなかったが、やはり違和感も残るところである。源氏物語後半に登場する新しいヒロイン女三宮は源氏の正妻となるが、二十数歳年下であり、式部自身の体験と多少かかわるところがあるのかもしれない。宣孝は人物、見識ともに秀れて文学的教養にも富み、式部にとってはある程度理想にかなっていたと思われるが、性格も豪放磊落《らいらく》で包容力、指導力も豊かな人物であったようだ。人間の内面心理を深く鋭く掘り下げることを旨とした源氏物語の作者との私生活はいかなるものであったか、興味深いところであるが、枕草子のなかに宣孝の人となりをよく伝えて

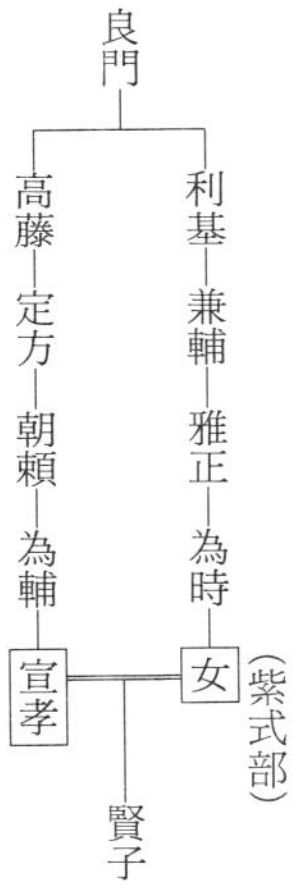

いる記述が残されている。「あはれなるもの」（一一五段）の段に吉野の御嶽詣《みたけもう》で（金峯山寺《きんぷせんじ》への参詣）のことが見えているが、吉野への参詣は高貴な人でも質素な身なりで行くのが常識であった当時、それを破った人として宣孝の事跡が伝えられている。

右衛門《ゑもん》の佐宣孝《すけのぶたか》といひたる人は、「あぢきなきことなり。ただ清き衣を着てまうでむに、なでふことかあらむ。かならずよも『あやしうてまうでよ』と御嶽《みたけ》さらにのたまはじ」とて、

〈日本古典全書『枕草子』一一五段・二二三頁〉

宣孝は従来の慣例を不服とし、「美しい衣を着て行ってなにが悪い。御嶽の仏様は粗末な衣を着て参詣せよとはよもやおっしゃるまい」と言って、息子の隆光《たかみつ》ともども実に華々しい衣装で詣で、行き帰りの参詣の人々をあっと言わせたというのである。御嶽とは奈良の吉野山にある金峯山寺のことで、修験道の総本山として有名であった。当時貴賤を問わず都をはじめ諸方からの参詣人が絶えなかったが、山伏の道場にふさわしく地味な姿で参るのが普通であった。宣孝はこの慣例を打ち破り人々を仰天させたが、その衝撃はそこに終わらず次のような仕儀に至るのであった。

四月一日に帰りて、六月十日のほどに、筑前《ちくぜん》の守《かみ》の死せしになりたりしこそ、げにいひけるに

たがはずもときこえしか。〈同・二二四〉

彼らが御嶽に詣でたのは三月末日ごろであったが、四月一日に都に帰ってしばらくした六月十日ごろ、任期半ばで死去した筑前（今の福岡県）の国司の後任として宣孝が推挙されたのである。吉野に華麗な衣装で詣でた御利益が現実のものとなったようで、宣孝の豪語は的中したことになる。当時国司の職を得るのはかなりの激戦であったから、結果的には宣孝の快挙とも言えようが、枕草子の記述はその常識はずれな奇行ともいえる言動を揶揄《やゆ》した感も否めず、それが紫式部の多大な反感を買ったようである。さらにこの段の結びの、

これはあはれなることにはあらねど、御嶽のついでなり。〈同〉

という一文もかなりの刺激になったことだろう。この話は「あはれなるもの」の段にあり、御嶽参詣にそなえて殊勝に修行している青年の様子などを記した後に書かれているが、表題のようにあはれなること、すなわちしみじみと人の情感をそそるようなものではないが、ただ、御嶽話のついでにふれたまでよ、というわけである。まさにとどめをさされたようで、後の紫式部日記に見える厳しすぎるような清少納言評の温床になっているとも言われている。（後述）

宣孝と光源氏
―源氏の男君たち―

更級日記の作者である菅原孝標《たかすえ》の娘は幼い少女のころから源氏物語に憧れ、光源氏のような人、薫君のような男君との結婚願望を小さな胸に育みながら成長していった。が、極めて遅く訪れた春(三十三歳ごろ)にめぐり会った男性は極めて平凡な中年の受領層で、まさに夢破れての感を否めなかった。相手の橘《たちばなの》俊通《としみち》は実直で温厚な人物であったらしい。が、晩婚の女性にとっては、いわゆる適齢期の場合以上に結婚相手に寄せる夢や憧れが大きくゆたかに育まれていることが多いため、その分、現実に対する挫折感や期待はずれの度合も強いことになる。更級作者もまさにその典型といえるが、それでは紫式部の場合はどうであろうか。

夫婦の情愛の機微は久しい間の共有の時間、空間などにより培われてゆくもので、各々の人生の暦と不即不離のものであるが、式部の場合は結婚生活はごく短く、真の意味での夫婦についての評定は不可能ともいえよう。が、一方で、必ずしも時の長さのみが問題ではないこともたしかであり、短いからこそより凝縮、燃焼された形での愛の実相が窺える場合も稀ではない。

前述のように宣孝は出自、家格、才学、経歴など多くの点で式部にとってかなり条件のよい相手であり、年齢を別にすればまず上々といえるであろう。彼女の遠縁でもあり気心も知れ、年の離れた兄か、または父親の懐に飛び込むような安堵感があったかもしれない。枕草子に見えるあのおおらかな大人《たいじん》の気風も、内向的で思慮深く繊細な感受性の持ち主である若妻をゆったりと包み込む余裕を偲ばせよう。光君のような貴公子との出会いを夢想して、現実にむなしく目覚めざるをえなかった更級日記の作者と異なり、それなりに充実したスタートであったと思われる。無論、一夫多妻の当時ではあの蜻蛉日記注(4)の作者の苦い思いも体験したであろうが、幸か不幸か二、三年という結婚生活の短さゆえに、女の情念、嫉妬、怨念等の苦汁を存分にかみしめる時期までには至らなかったようである。

ところで式部は源氏物語のなかに多彩な男君、女君たちを登場させているが、多少なりとも実在の人物、あるいは実在した人間とのかかわりが取沙汰される場合も少なくない。特に男君の場合、例えば光源氏のモデルとして藤原道長や伊周《これちか》、源高明などが挙げられているが、久しい独身時代のはてにめぐり会ったわが夫のイメージは物語のなかに何がしかの影を落としていないのであろうか。

残念ながら作中世界に宣孝の像はほとんど辿ることができないのが実情であるが、あれほど多くの男性たちを創造しながら宣孝像が目立って反映されていないのは、逆にそれだけ彼女にとって彼の存在が重く、貴重なものであったということでもあろうか。光源氏は一定の実在人物を写しているというより、多

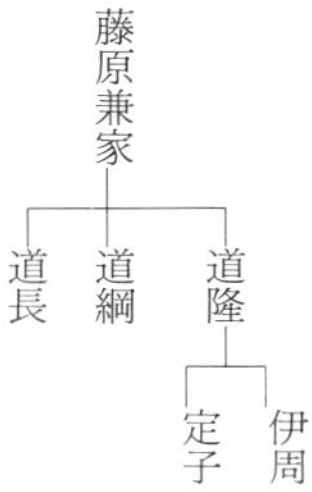

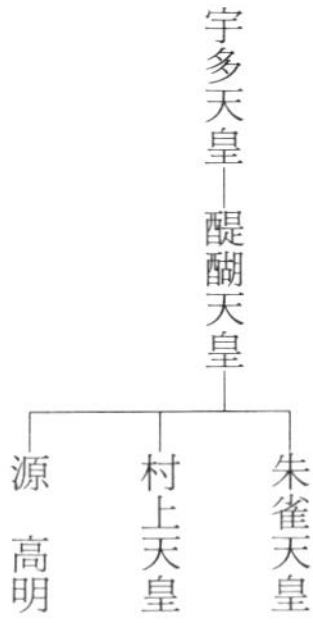

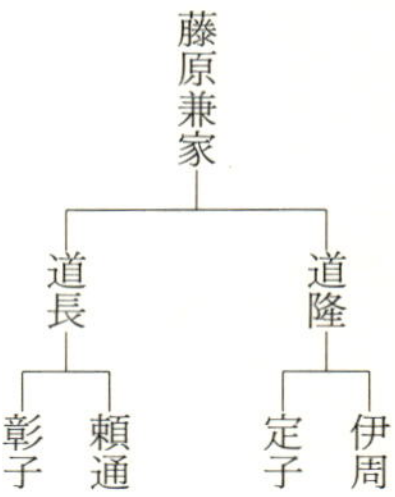

数のモデルたちによる総合芸術作品的なイメージを伴うが、夫はモデルたちの一員にもなっていないようである。

　かくてひとまずは順調にすべり出した遅い春であったが、この春はまさにあわただしく散り去ってゆく桜花の趣であった。結婚後ほどなく女児に恵まれたのも束の間、宣孝は急逝し、式部は幼児を抱えた未亡人となった。恐らく三十歳以前であったろう。そしてこの若い未亡人が失意のなかで筆をとりはじめたのが源氏物語創造の機縁であり、それに伴い徐々にあがってきた世評に目を付けたのが、時の権力者藤原道長であった。

　宣孝の死は式部に人生最大ともいえる致命的な不幸をもたらしたが、それとひきかえるように厳しい現実に目覚めさせ、不朽の大作源氏物語の作者としての名声を幾久しく不動のものとしたのである。また結婚生活が短いがゆえに、蜻蛉日記の作者である道綱母の味わった女の業火、苦しみを真正面から受けとめることのなかったことは、もう一つの幸いであったといえるかも知れない。

　こうして宣孝未亡人は夫の没後しばらくして道長の要請を受け、その娘彰子の女房として宮仕えに出ることになる。召名《めしな》（呼び名）は藤式部《とうのしきぶ》であった。彰子は道長の長女で当時十七、八歳ほどで一条帝の中宮であった。中宮とは帝の多くの夫人たちのなかの最高位で、皇后と同じである。彰子の住まいは宮中の後宮と呼ばれる建物の中にあり、そこには多くの夫人たちの御殿があった。それぞれ独立した建物で、渡り廊下でつなげられていたが、彰子は藤壺と呼ばれる格式の高い殿舎に女房たちとともに住んでおり、紫式部が出仕したのもここであった。が、当時、後宮の夫人たちは折々実家に里帰りすることが多く、かなり長期の滞在になることもあり、式部も彰子の実家、土御《つちみ》門殿《かどどの》（道長邸）にあることも多かった。

(4)蜻蛉日記　藤原兼家の妻で右大将道綱の母であった人が、自らの結婚生活の実態を書き記したもの。一夫多妻が公認されていた貴族社会における女人の愛と苦悩が赤裸々に綴られている。女流日記の出発点になる作品。

宣孝未亡人紫式部
―宮仕え懐疑―

それでは女房たちの宮仕え生活とはどのようなものであったろうか。その状況は紫式部日記のなかにある程度窺うことができるが、その前にさきにも少しふれたが、紫式部と清少納言の宮仕えに対する意識、姿勢の違いについてみておきたい。平安の双輪の花と謳《うた》われる二人の才女は様々な点で宿命とも言えるように比較、対照的に扱われることが多いが、宮仕え観についても例外ではない。

枕草子の一八一段「宮にはじめてまゐりたるころ」には清少納言が中宮定子のもとに初めて出仕した折のことが鮮烈な感動をもって記されている。そこには万事にもの馴れず気恥ずかしさにおろおろするばかりの新参女房の姿が見えるが、この初々しい女房が後の堂々たる中宮女房、清少納言に変身するのである。はじめは雲の上人《うえびと》たちに囲まれ、顔も上げられずに消え入るばかりの彼女も、いつしか男性たちを相手に積極的に交流し、和歌や漢詩を詠み合い、定子の周辺を明るく光彩に満ちた場に盛り上げてゆく立役者に成長してゆく。清少納言はこうした外交的、社交的気風を好み、宮仕えという華やぎの渦中に身を置くことによろこびをかみしめていたのである。

一方の紫式部は全く逆であった。出仕することで権力者たち（式部の場合は道長及びその縁者）と入魂《じっこん》になり、そのつてを頼って家族や親族たちの役職任官などを有利に導く可能性もあったが、一面、深窓の女性が人中にわが身をさらす恥辱にも堪えなければならなかった。当時の貴族の女性たちは男性と直接顔を合わせることを直面《ひたおもて》といって嫌い、タブー視していた。実父や夫、同腹の兄弟たち（母が同じである兄や弟）以外に顔を見せることを極力避けていたが、宮仕えに出た以上、来訪者の取次や文書の往還等で直面も覚悟せねばならなかった。また一方で、主人たちはもとより同僚女房や多くの人々との複雑な対人関係に多大な心労を伴うことも多く、式部にとってはまさに「憂《う》き宮仕え」の日々であった。しかし、家を離れ、他者との見知らぬ世界での苦しみの多い生活経験、宮廷社会や権門貴族社会の厳しい現実の認識、そして様々な人間模様の観察が、物語創作という営みのための得がたい栄養、財産となったことは言うまでもない。

こうして一方は宮仕え生活を存分に謳歌しつつ輝かしい枕草子という花を咲かせ、かたやそれに戸惑いと懐疑、逡巡《しゅんじゅん》の思いを尽くすなかに源氏物語という一大名花を創出したのである。

（三）源氏物語の執筆

紫式部は源氏作者か

紫式部が源氏物語の作者であることは今さら言うまでもないが、実は文献の上からはそれほど確たる証拠があるわけではない。が、いわゆるいくつかの状況証拠を重ねていって我々は紫式部作者説の概《おおむ》ねを窺い知ることができる。

その一つは当然紫式部日記である。この日記は書名からも彼女の日記であることは明らかで、道長の長女彰子に仕えてまもなく、彰子が第一皇子を出産する前後を中心に綴られた比較的短い記録である。日記の細部については後に述べるが、その記録のなかにいくつか源氏関係の記事が見えている。

寛弘五年（一〇〇八年）秋、彰子が道長家念願の男子を出産し、これで道長の栄華は確立したことになるが、その十一月一日、産後五十日目の祝いの宴の折、次の記述が見える。式部は華やぎの席に馴染めぬ思いであったが、盃が次々ともてはやされるなかに、

左衛門《さゑもん》の督《かみ》、「あなかしこ。このわたりに、わかむらさきやさぶらふ」とうかがひたまふ。源氏にかかるべき人も見えたまはぬに、かの上はまいていかでものしたまはむと、聞きゐたり。〈五一〉

左衛門の督とは藤原公任のことで、学問、文芸全般に秀れ、書家としても著名な当代一の風流貴公子、教養人であった。その彼が「もしもし恐れ入りますが、この辺りにわかむらさきさんはおられますか」とこちらの様子を窺っている。「わかむらさき」は若紫で、源氏物語のヒロイン紫上が初めて登場する巻名であるが、ここではその作者である式部をさしているのであろう。なお「わがむらさき」として「私たちの紫さん」という読みも可能であるが、いずれにせよ式部を源氏作者とみなしての物言いといえよう。

そしてその時、当の式部の反応を見ると、「源氏物語にそのような方（左衛門の督をさす）も見えないのに、まして紫上のような方がここにおられるはずもない」と聞き流している。

ちなみに「うへ」とは帝をはじめ高貴な人々の呼称に使われるが、権門貴族の正妻、あるいはそれに準ずる夫人にも用いられ、ここでは光源氏の最愛の妻紫上をさすことになる。ただし紫上は正式な意味での正妻ではないが、それについては後にふれることにする。こうして式部は、祝宴で心地よく酔い痴れ、源氏物語を種に戯れかかろうとする公任を無視したのである。それには自らの精魂こめた作品を酒宴に軽々しくもち出されたことへの不快感とともに、華麗なる宮仕え生活に対して、一定の距離を置いて臨まざるをえない日頃の生活感覚が無意識のうちに働いたゆえでもあろう。

が、ともかく、この記述を通して式部と源氏物語の関連は密接に照応されることになるが、日記中には他にもそれを窺わせる事例が散見する。

たとえば、帝付き女房のなかに左衛門の内侍《ないし》という人がいたが、日頃から式部を快く思わず、身に覚えのない悪口や陰口などを方々にふれまわっていたという。ある日、帝が源氏物語をお付きの者に読ませてそれを聞いていたとき、「この人（作者の紫式部）は平生から日本の歴史書などをよく読んでいるようだ。まことに才あるべし。（大変漢学の知識があるようだ）」と言うと、左衛門の内侍がそれを自己流に拡大解釈して、「いみじうなむ才がる」（漢学の知識を鼻にかけて偉がっている）とあちこちに吹聴し、式部に「日本紀《にほんぎ》の御局《みつぼね》」というあだ名をつけてしまったというのである。

日本紀とは日本書紀であるが、ここでは漢文で書かれた正式の国史類一般のことで、六国史など注(5)をさす。源氏物語の中にはかなり詳しく歴史的事実をふまえている形跡が見えるので、帝がその深い知識に感心したのを、内侍は紫式部に不利になるよう宣伝したのである。

式部は大変困惑し、さきの屏風の件をはじめ、実家の女房たちの前でも自身の才学を誇示することのないよう苦慮しているのに、何ということを、と苦々しさを禁じえない。が、一方で源氏作者としての彼女の存在感と、それに伴う周囲の軋轢《あつれき》、反感も偲ばれるところである。それでなくとも道長から文才、学才を買われての出仕は、他の女房たちの心理に多様な波紋を投げかけたはずであり、人々を刺激しないよう最大限の努力がなされていたわけである。その甲斐あって大方の反感は避けられたが、やはり右のような鋭い視線も絶えずつきまとっていたのである。宮仕えに対する式部の拒否反応もこうした事情によるものであろうが、一面、人間関係の厳しさの実感、見聞も作品の結実に多大な滋養となったはずである。

紫式部日記のなかにいくつか見える源氏作者としての式部の映像が、宮仕え生活への懐疑や違和感と連動しているのも興味深いところである。

(5)中国の正史にならって奈良時代に舎人親王らによって「日本書紀」（神代～持統天皇）が編まれたが、それらをうけて平安初期から中期に向けて次々と官選の歴史書が作られた。「続《しょく》日本紀」「日本後紀」「続日本後紀」「文徳天皇実録」及び「三代（清和・陽成・光孝天皇）実録」の五つであるが、最初の「日本書紀」を含めて六国史《りっこくし》という。紫式部が日本紀に通じていたというのは「日本書紀」のみではなく、これらの六国史全般をさすものと考えられる。

源氏物語の執筆

─憂き宮仕えのもたらしたもの─

源氏物語はいつごろから書きはじめられ、いつごろ完成したのであろうか。四代の帝、約七十年にわたる大河小説で、原稿用紙（四百字詰め）二千枚以上にも及ぶ膨大な作品がそう短期間に書き上げられるはずもない。かなりの歳月、数年あるいは十年前後が費やされたと見るのが普通である。

そもそもこの物語が紫式部一人の手になるものか否かで疑問をはさむ論もあるが、それについては後でふれることにして、ひとまず式部のみと考えると、夫の没後、実家にあって孤独のつれづれのなかに筆をとりはじめ、宮仕え中、あるいは宮仕えを退いた後に完成したとの見方が一般である。彼女の宮仕えの期間についても諸説があり定まらないが、宣孝の急逝に伴う人生の苦悩と衝撃を体感するなかに、わが懊悩《おうのう》を克服するかのように物語創作に手を染めたのが、二十代の末ごろであろうか。まもなく出仕して三十代後半ごろまで務めていたらしく、その間に大方は書き尽くされたようである。

ところで式部ははじめから源氏物語五十四帖の構想、主題等を十分考慮して筆を進めていったのであろうか。恐らくそうではあるまい。当時の物語類の出来上がる経緯は、全巻を仕上げて一挙に世に出すというより、巻毎に少しずつ書き継ぎ、世評に合わせて、いわば読者の反応、要望なども考慮しながら巻を重ねていったようである。それは現代の連載小説のようでもあり、式部の場合も二、三帖書いては発表し、人々の嗜好も視野に入れつつ次の構想を考えてゆくというプロセスが想定される。そしてこの物語がある程度世に出たころ、世人の高い評判に注目し出仕を勧めたのが、藤原氏の氏《うじ》の長者《ちようじや》、関白道長であった。さきにも述べたが、当時の権力者たちは宮仕え女房を単なる娘の世話係としてではなく、教育係、家庭教師的役割を求めて雇い入れたが、さらに女房たちの個性、才能を存分にのばし磨くことにも積極的であった。各々の能力を発揮させてすぐれた成果を世に示すことは、娘の、そして家門の名誉を高めるのに多大な功を奏したからである。道長は式部が執筆活動をするのに十分な時間と空間を、またそのころとしてはかなり貴重であった紙や筆という文具類などにも、より上質なものをとの配慮を怠らず、物心ともに協力体勢を整えていた。一人の女房の才能と努力、その主家の理解と支援、それらの融合体が見事な作品として結実した源氏物語であった。

かくて何年かの宮仕え期間中に物語は順調に書き進められ、大方の形は整備されていった。式部がいつまで出仕していたか定かではないが、少なくとも三十七歳ごろまでは務めていたようである。注(6)その間に物語は完成したのか、あるいは宮仕えを退いた後に実家において書き終えたのか明らかではないが、いずれにしても彼女の言う「憂き宮仕え」の生活が源氏物語創造の源泉になっていることは言うまでもない。

(6)藤原実資の日記「小右記」の長和二年（一〇一三年）五月二十五日の記述によると、彰子への取次役として紫式部が応待しているので、少なくともこの時期までは宮仕えを続けていたことがわかる。

（四）同僚女房たちとのかかわり

同僚女房とのかかわり
―宰相の君―

学問の家系に生まれ、源氏作者としての名声を請われての出仕は、主人の側の思惑とは別に、当人には諸々の障害を伴うものであった。一つはさきにもふれたが、同僚女房たちとの確執である。新参の式部が主人たちから一目も二目もおかれる才媛であればあるほど、それを迎える同輩たちの心情も尋常ではない。場合によってはかなりの対抗意識を覚えた人もあるはずであるが、式部は極力自らを抑えて、その才能を隠し、いわば身を低くすることで相手を刺激しないよう努力していたのである。

かうは推しはからざりき。いと艶《えん》に、はづかしく、人見えにくげに、そばそばしきさまして、物語このみ、よしめき、歌がちに、人を人とも思はず、ねたげに見おとさむものとなむ、みな人々いひ思ひつつにくみしを、見るには、あやしきまでおいらかに、こと人かなとなむおぼゆる。〈九四〉

これは日記に記されている同僚たちの式部評であるが、「噂によれば、あなたは学問や才能を誇示する、尊大で生意気な人かと思っていました。でも、実際にお会いしてみて、あまりにも穏やかでひかえめなので違う方かと思いましたわ」と人々はその謙虚な態度に驚いている。当人の涙ぐましい自制によって一応良好な対人関係が偲ばれるが、しかしそれでも世間には依然として敵愾《がい》心をあらわにする向きもあり、前述の左衛門の内侍などもその例である。

(蜻蛉日記作者)倫寧女＝藤原兼家 ―― 道綱―豊子(宰相の君)
藤原兼家＝時姫 ―― 道隆
　　　　　　　 ―― 道長―彰子

彰子の周囲には名門出身の美しい女房たちが多数仕えていたが、その何人かとも好もしい友情の和を築いたことは、憂き宮仕え生活での貴重な収穫であった。自ら一歩引くことにより、よき人間関係を整え、信愛と協調のなかに自在に自身の才能を発揮していったのである。例えばその一人、宰相《さいしょう》の君と呼ばれる人について見てみよう。

上よりおるる道に、弁の宰相の君の戸口をさしのぞきたれば、昼寝し給へるほどなりけり。萩、紫苑《しをん》、いろいろの衣に、濃きが打ち目心ことなるを上に着て、顔は引き入れて、硯《すずり》の箱に枕してふしたまへる額《ひたひ》つき、いとらうたげになまめかし。絵にかきたる物の姫君のここちすれば……すこし起きあがり給へる顔のうち赤みたまへるなど、こまかにをかしうこそはべりしか。

〈寛弘五年八月・一五〉

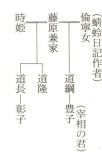

彰子の御前から自室に戻る途中、宰相の君の局《つぼね》（部屋）をふと覗くと、ちょうど昼寝をしているところであった。美しい衣々に身を包み、硯の箱を枕に臥している様子は絵にかいた姫君のようである。そこで式部が、「まあきれい、物語に出てくるお姫様みたい」と言って近づくと、目ざめて起き上がり、「眠っている人を起こすなんて」と言った様子が何とも愛らしく美しい。この女房は右大将道綱の娘で、あの蜻蛉日記の作者の孫であるが、夫兼家との苦汁の日々を日記に綴った祖母のイメージと、この華やぎに満ちた孫娘の姿は対照的である。宰相の君はまもなく誕生する彰子の第一皇子敦成親王の乳母になるが、こうした上流女房たちとのほほえましい親交ぶりが窺われるところである。

同僚女房とのかかわり ―小少将《こしょうしょう》の君―

同輩たちのなかで式部がもっとも深い親交をもったのが小少将の君である。同じく上流女房でも、華やかな明るい雰囲気の宰相の君とは対照的に、静かなひかえめなあわれを誘う趣であった。式部より年少で二人は姉妹のように接していたが、宮仕えに対する姿勢も全く同じであった。

細殿の三の口に入りてふしたれば、小少将の君もおはして、なほ、かかるありさまの憂きことを語らひつつ、すくみたる衣どもおしやり、あつごえたる着かさねて、火取《ひとり》（香炉）に火をかき入れて、身も冷えにけるもののはしたなさをいふに、〈寛弘五年十一月・六〇〉

秋に誕生した若宮とともに彰子が宮中に戻った冬の夜、随行した式部は控えの間で小少将の君と会い、ともに宮仕えのつらさを語り合っている。慣れない薄着の礼装に冷えきった身を、普段着の厚手の衣を重ね着して、火鉢代りの香炉（香を焚くための器）で暖をとりながら愚痴を言い合っている。二人は隣同志の局《つぼね》（部屋・個室）を与えられていたが、その中仕切りをとり払って二つの部屋を一つにして、

もろともに頭けづりなどす。〈四〇〉

と、互いに長い髪をとかしあったりするような親愛に満ちた間柄であった。苦しみも多い宮仕えの日々にあって、心を許し合える友の存在は貴重であり、精神的支えとなって執筆活動にも大きな糧となったことであろう。そしてこうした同輩たちの存在は、物語の世界にも多様な資料、材料を提供しているようである。

例えば日記の後半には何人かの実在女房たちに対する批評が見えるが、その中に小少将の君につ

いて次のように記されている。

小少将の君は、そこはかとなくあてになまめかしう、二月ばかりのしだり柳のさましたり。やうだいいとうつくしげに、もてなし心にくく、心ばへなども、わが心とは思ひとるかたもなきやうにものづつみをし、いと世をはぢらひ、あまり見苦しきまで子めいたまへり。〈七七〉

はかなく、か弱く、優美な、春のはじめのしだれ柳の風情であるが、これは源氏物語の女三宮（光源氏の晩年の正妻）の風姿と符合するところがある。若菜下巻、六条院で女性たちを中心とした音楽の宴が催された時、主催者の源氏は紫上や明石君、明石女御などの集う御簾《みす》（すだれ）の中をのぞき、それぞれの演奏ぶりや容姿に感嘆しているが、女三宮については次のようにある。

宮の御方を、のぞき給へれば、人よりけに小さく、うつくしげにて、ただ、御衣《おんぞ》のみある心ちす。匂やかなる方はおくれて、ただ、いと、いとあてやかに、をかしく、二月《きさらぎ》の中の十日ばかりの青柳の、わづかにしだり始めたらん心地して、鶯の羽風にも乱れぬべく、あえかに見え給ふ。〈若菜下・三四六〉

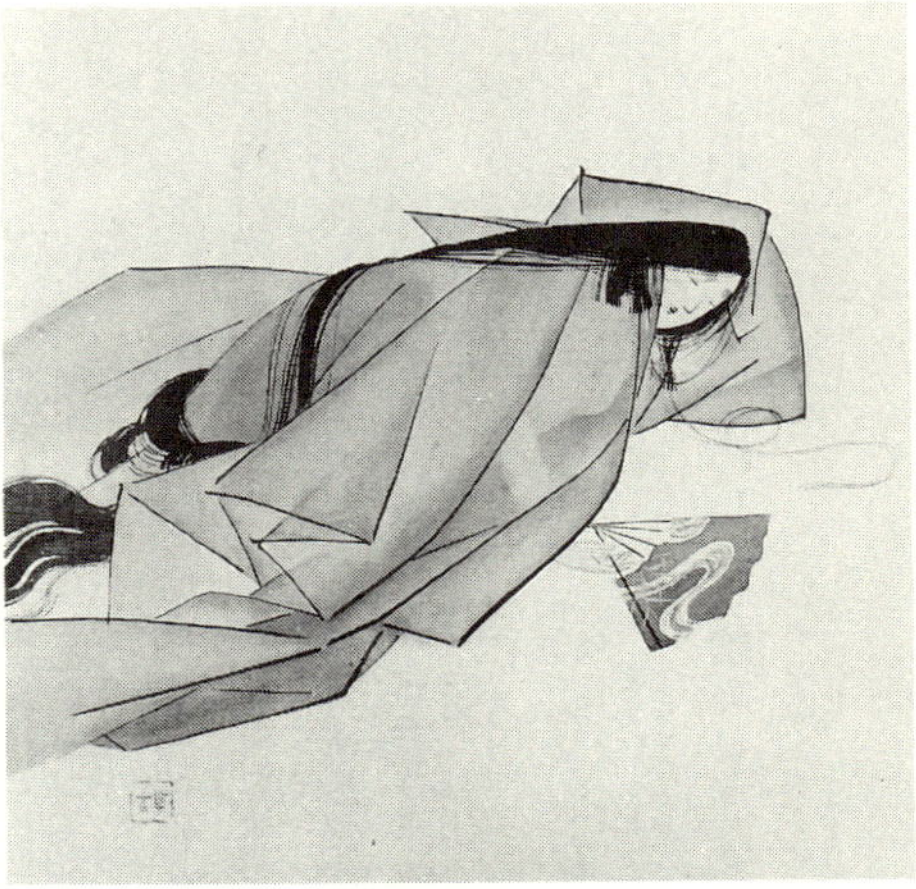
うたた寝の女君・雲井雁

ともに小さく、愛らしく、はかなげで、二月のしだれ始めの青柳が比喩に使われている。式部が物語後半のヒロイン女三宮を登場させるに際して、慕わしい小少将の君の面影が脳裏を横切ったのかも知れない。

ところでさきに宰相の君についてふれたが、常夏《とこなつ》の巻に雲井雁《くもいのかり》と呼ばれる姫君の昼寝姿があり、これも関連が偲ばれるところである。雲井雁は内大臣の娘で、源氏の長男夕霧の恋人であったが、父の反対で引き離され、実家でわびしく暮らしていた。あるとき、内大臣の視線を通して次のように写し出されている。

ひめ君は昼寝し給へる程なり。うすものの単衣《ひとえ》を着たまひて……いとらうたげにささやかなり。すき給へる肌つきなど、いと美し。をかしげなる手つきして、扇をも給へりけるながら、かひなを枕にて、うちやられたる御髪の程、いと長くこちたくはあらねど、をかしき末つきなり。……

なに心もなく見あげ給へるまみ、らうたげにて頰《つら》つき赤めるも、親の御目には、美しくのみ見ゆ。〈常夏・二一四〉

内大臣─雲井雁
└葵上
　║─夕霧
　光源氏

若い娘の昼寝姿は極めて印象的な素材であるが、美しい衣々に、乱れた髪、ほんのり上気した顔、華やかな愛らしい風姿はよく通い合うところである。

宮廷という自らの本意とは相容れない、苦悩の多い世界に身を置きながら、周囲の人々との交友の和をもって自らの精神の安定を図り、物語の題材を多様に発掘しながら執筆活動を続けていったのであろう。

人物批評　和泉式部

紫式部日記の中には実在の人物たち、ことに同僚女房についての人物批評が見える。また実際に一緒に仕事をしたことのない人々についても、伝聞、噂話などに基づいて記されたものもある。同輩ではすでに、小少将の君、宰相の君などをあげたが、概ね好意的な評が多く見受けられる。高貴で美しい女人たちを素直に寛大に認め、その美質をよりよく理解して讃美しようとする、式部の鷹揚《おうよう》な人となりを窺わせるが、和泉式部と清少納言については、ことに後者においては多分に感触が異なるものである。まず和泉式部の方から見てゆくと、二人は同じく中宮彰子に仕えた仲であった。

和泉式部といふ人こそ、おもしろう書きかはしける。〈八八〉

というように親しく手紙のやりとりなどもしていたようである。

和泉はけしからぬかたこそあれ、うちとけて文はしり書きたるに、そのかたのざえある人、はかない言葉のにほひも見えはべるめり。〈同〉

他の女房の場合は容姿や服装、気配、およその人柄などが主であるが、ここでは文学的見地からの評価である。その前に「けしからぬかたこそあれ」注(7)とその私生活の乱れに一石が投じられているが、文学的才能についてはそれなりの評価がなされている。すなわち、ちょっとした走り書きの言葉のはしばしにも、きらりと光るような気のきいた表現が見えるというのである。これに続いて和歌のよみ方にも言及されているが、

まことの歌よみざまにこそはべらざめれ、口にまかせたることどもに、かならずをかしきひとふしの、目にとまるよみそへはべり。〈八九〉

口にいと歌のよまるるなめりとぞ、見えたるすぢにはべるかし。はづかしげの歌よみやとはおぼえはべらず。〈同〉

当時の和歌の世界では古今集に基づく詠み方が正当とされていたが、和泉式部の歌は正式な和歌の伝統、約束事にかなった詠み方とはいえないが、どこかで人の心を打つ言葉の魅力をもっている。とても正統派の歌人とはいえないが、口から出まかせのような言葉の節々に人をはっとさせるような独自のひらめき、光彩を認めざるをえないというのである。

和泉式部に続いて赤染衛門《あかぞめえもん》注(8)という歌人についても評があるが、これには全面降参の形で、衛門の優れた歌人としての力量、学識、人柄に存分に敬意の念を示している。次々と恋人をかえるようで、一見不謹慎にも見える和泉式部であっても個人的親しさもあってか、紫式部の視線は厳しさのなかに相手の天分、魅力を温かく認める優しさをもち合わせていると言えよう。

(7)和泉式部ははじめ橘道貞と結婚し、一女（後の小式部内侍）があったが、その後、冷泉天皇の皇子、為尊親王の愛をうけ家庭を去ることになる。しかし、親王もほどなく没し、悲嘆にくれていたころ、その弟の敦通親王と交際が始まる。が、親王の邸に入ってほどなく、敦通も没し、式部には悲しみのうえに世間から「浮かれ女《め》」（浮気女）の烙印を押されることになる。和歌を中心に綴られた敦通親王との交際の記録が「和泉式部日記」である。

(8)赤染衛門　大江匡衡《まさひら》の妻で、道長の正夫人倫子ならびに彰子に仕えた女房。当時の女流第一の歌人で「赤染衛門集」がある。また「栄花物語」の作者ともいわれている。

清少納言　それでは清少納言についてはどうであろうか。和泉式部の場合は大きな欠点を指摘しながらも、その自在で自由な個性、魅力を寛大に容認する姿勢が見られたが、清少納言については驚くほど冷淡である。いや紫式部の品性を疑われかねないほど冷酷であると言ってもよい。まず書き出しを見ると、

清少納言こそ、したり顔にいみじうはべりける人。さばかりさかしだち、まな書きちらしてはべるほども、よく見れば、まだいとたらぬことおほかり。〈九〇〉

清少納言ときたら自信たっぷりな得意顔で本当にあきれた人ですよ。あんなに偉がって漢文を書き散らしておりますけれど、よく見ると全くなってないんですよ。と、冒頭からその全体像が一喝されている。清少納言の得意中の得意ともいうべき漢文の力を完全否定しているのである。そして、

かく、人にことならむと思ひこのめる人は、かならず見劣りし、行くすゑうたてのみはべれば、艶になりぬる人は、いとすごうすずろなるをりも、もののあはれにすすみ、をかしきことも見過ぐさぬほどに、おのづから、さるまじくあだなるさまにもなるにはべるべし。〈同〉

と、続いてゆく。何事につけても、自分は他の人に比べてこんな風に違うのだ、人より格別にすぐれているのだ、ということを強調したがる人は（ここでは清少納言が漢学の知識があることをひけらかし、鼻にかけていることなどをさす）、よくよく見ると必ず見劣りがし、行く先はろくなことはないはずです。風流ぶって現実から遊離したような軽薄な考えの人は、いつか予想外のつまらない結果を招くものです。等々、悪口雑言のかぎりを続けてゆくが、その結びは、

そのあだになりぬる人の果て、いかでかはよくはべらむ。〈同〉

すなわち、そんな軽薄な人の末路がどんなざまになることか、よいわけがありませんわ、と、手厳しさをこえて、嫌みや悪意すら感じられ、あのもの静かで慎み深い式部がどうしてここまでという驚きを禁じえない。確かに清少納言の一面をよく捉《とら》えた指摘であり、また事実、清少納言の晩年

は不遇なものであったらしい。全国に彼女の没落説が残されているが、注(9)もちろん真偽のほどは不明である。が、紫式部の評は全くの見当はずれ、出鱈目ではないにしても、あまりにも攻撃的な感は否めない。式部があえてここに自身の不名誉ともなりかねない酷評を遺《のこ》したことにはいくつかの理由が考えられる。その一つは日記中のこの部分（人物批評等）は消息文《しょうそこ》（誰かにあてた手紙）の形がとられていて、公的記録の中にとどめるつもりはなかったということである。すなわちプライベートな手紙文が日記の中に混入したというのである。そう考えれば、ごく親しい友人に他人の悪口を書き送ることは、誰にでもありそうな他愛ないこと、ということになる。

ともあれ式部のこの激しい筆づかいには、相手へのライバル意識があったことなどが推測されるが、それ以上に清少納言の側にも原因があるようである。それは先に述べた宣孝の一件である。枕草子の「あはれなるもの」の段に、付け足しまでにとことわりながら、宣孝の華々しい御嶽詣の挿話をもち出したことが式部を刺激したのであろう。清少納言は事実を淡々と述べたまでで、宣孝の言動に露骨な批判などを加えているわけではないが、とは言え好意的に讃意の念を示しているわけでもない。明らかに皮肉と冷笑がこめられた視線であり、それが式部の反発ともなって辛辣な批評としてはね返ってきたということでもあろうか。

かくして紫式部日記の中に無残ともいえる清少納言像が遺されることになるが、前述のようにこれは式部本人への評価を決して上げるものではない。この文を執筆した当時、清少納言にそれに抗議、反論する力、余裕があったのならばまだしも、すでに宮仕えを去り、恐らく零落し、その力を持ち合わせていなかったと推察される以上、式部の行為は何がしか卑劣の謗《そし》りも免れない。たとえ手紙文であっても好ましいことではない。偉大なる源氏作者にしてやや無念の感も禁じえないが、一面極めて素朴な生の人間感情が表出された、人間としての親近感なども覚えるところであろう。少なくとも教科書的な理想人、賢夫人の紫式部像から自由である点は興味深いところである。

(9)清少納言ははじめ橘則光と結婚し、子女もあったが離別し、二十代後半から中宮定子のもとに宮仕えに出ている。約十年間仕えたが定子の没後辞し、その後の消息は定かではない。老国司と再婚後、京を去ったらしいが、晩年は不遇であったようで、各地に清少納言没落説が残されている。

（五）主家の人々とのかかわり

主人たちとのかかわり
-彰子-

一部を除いて同僚女房たちとの関係は概ね良好であったようであるが、それでは主人たちとの場合はどのようであったのか。清少納言と定子の信愛に満ちた主従関係は美談として語り継がれているが、紫式部と彰子との間も大変好ましいものであった。

清少納言の場合はことに定子の不遇時代、注(10)側近女房としての愛と献身が二人の関係をよりドラマティックに印象づけているが、紫式部の方は、宮仕え期間を通して道長家は全盛、安泰であり、それほど鮮烈な迫力には追いつかない。が、平穏な日常生活の中に淡々としたものながら、心通う主従の信頼の絆は確実に育まれていったようである。前述のように、式部はその才知を隠した謙遜ぶりで、同輩たちからも驚きと好感の念をもって迎えられたが、女主人である中宮彰子の場合も同じであった。周囲からお人よし、ぼんやり者と見られるのは不本意ではあるが、これこそ自らが選びとった処世の道である、と述懐するなかに、

宮の御前も、「いとうちとけては見えじとなむ思ひしかど、人よりけにむつましうなりにたる

こそ」と、のたまはするをりをりはべり。〈九四〉

とある。彰子も紫式部才女説に気おくれし、「気安くお付き合いできるとは思っていませんでしたが、誰よりも親しくなれましたね」とよくもらしていたという。「をりをり」とあるから一度ではなく時々に、何度も、ということで、彰子からの信頼の深さが窺われよう。

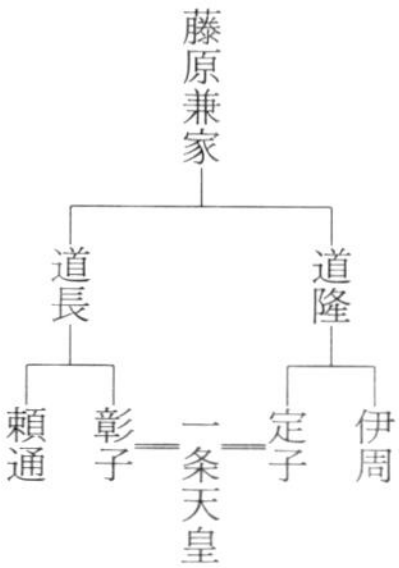

父ゆずりの漢学の才と諸々の才芸にたけた式部も、宮仕え生活では全くの無知、無能を装い、清少納言とは対照的な態度をとり続けたが、彰子が白氏文集《はくしもんじゅう》（唐の詩人、白楽天《はくらくてん》の漢詩集）に関心を寄せていたので、こっそりと人目を忍んで講義をしていた。まさに二人だけの秘密というところであったが、いつしか道長の知るところとなると、漢籍類の調達をはじめ種々の援助がなされたことは言うまでもない。中宮の母代わり、後見として周囲の認める乳母などでもない一介の女房が、彰子と深い絆で結ばれていたことは、二人のかかわりを知る上で興味深いところである。後年、彰子は精神的にも大きく成長し、父道長の政策に批判的な態度を見せることもあったと言われるが、政争の飾り人形ともいえる権門貴族の姫君に、自我の目覚めを促したのも式部の教育の成果であったかも知れない。

清少納言と定子ほど華やかではないが、ひかえめながら久しくしかとした親愛の輪が偲ばれるのであり、それを土台として源氏物語の冊子づくり（製本作業）をはじめ、彰子サロンと式部の文芸との連帯感も緊密になってゆくのである。

⑽清少納言の宮仕え生活は約十年に及ぶが、前半と後半では主家の家運の盛衰が対照的である。前半は中宮定子の父の関白道隆の勢力が全盛であったが、道隆の急死により一家は急激に衰退していった。定子の兄弟たちはまだ若く政治の実権は叔父の道長に移り、道長は一条天皇の中宮定子に対抗すべく、娘の彰子を同じ天皇の女御として入内させ、勢力の拡大をはかった。兄弟たちは不祥事を起こして政界の中央から追われ、定子は苦境に立たされるが、この不遇の時代に清少納言は定子を支え、励まし続けた。

主人たちとのかかわり　―道長―

紫式部の文学活動の拠点である彰子後宮を支えていたのは、もちろん道長であったが、道長と式部との対人関係はいかなるものであったろうか。表面的には女主人の父親、藤原氏の氏の長者、関白と一女房であるが、そもそも道長の強い要請で出仕した式部であるから、身分や立場を越えて特別な配慮、助力がなされていたはずである。道長の物心両面からの援助なしに、式部の才能があれだけ発揮されたとは考えにくいことはすでに述べたとおりである。いわば道長は源氏物語創造の陰の仕掛け人でもあったのである。

ところでこうした公的な職責を離れて二人は人間的にも心温かく理解し、通じ合うところがあったようである。道長は人物、教養、政治的手腕に秀れており、それは敵対勢力に属する清少納言も認めるところであった。清少納言の道長贔屓《びいき》は有名で、枕草子のなかにもよく語られている。

まず紫式部日記の中に記されている道長のプロフィールについて、式部とのかかわりから見てゆくと、例えば次の寛弘五年の初秋、御子の誕生が待たれるころ、土御門殿（彰子の実家、道長邸）の早朝の一こまである。初秋の朝霧の中を、従者に庭の手入れをさせながら歩いていた道長を、たまたま式部が自室からのぞいていると、

橋の南なる女郎花《をみなへし》のいみじうさかりなるを、一枝折らせたまひて、几帳《きちやう》の上よりさしのぞかせたまへる御さまの、いとはづかしげなるに、わが朝顔の思ひ知らるれば、「これおそくてはわろからむ」とのたまはするにことつけて、硯《すずり》のもとに寄りぬ。〈一三〉

庭に咲いていた満開の女郎花の一枝を折り、式部のもとに寄って歌を求める道長。今をときめく関白の風姿に、寝起きの顔を見られる気恥ずかしさを覚えて、急いで硯のもとに逃げ去る式部。この後二人の歌の贈答《ぞうとう》（やりとり）があるが、まさに物語の一場面である。源氏物語の主人公には道長の面影があるといわれるが、権力の中枢にあり、しかも高い教養と気風をそなえた貴人の日常に

接するなかに、式部の胸中には物語の男君たちの映像が多様に育まれていったことであろう。

ところで道長と式部とは主従の関係をこえて、いわゆる愛人の関係にあったとする説がある。あくまで伝説の域を出ないが、女房が召人《めしうど》と呼ばれて、私的に主人に仕えることも稀ではなかった当時、そうした憶測が生まれるのも無理からぬことであろう。日記中に式部の異性関係を示唆されるような場面を見てゆくと、いずれも作者自身によって完全に否定されている。

ある時、中宮の御前に源氏物語が置かれているのを見た道長が、そばにいた式部に向かって次のような歌を詠みかけてきた。

すきものと名にし立てれば見る人の
　をらで過ぐるはあらじとぞ思ふ　〈一〇二〉

すなわち「光源氏のようなプレイボーイを主人公にした物語を作ったあなたですから、私生活でもさぞかし浮気者なのでしょうね。あなたをそのままに見過ごす男などいないでしょうね」と。まさに皮肉の極みであるが、それに対して、

人にまだをられぬものを誰かこの

めざましう、　すきものぞとは口ならしけむ　〈一〇三〉

と返している。「私はまだ、人（男性のこと）に気を許したこともありませんのに、浮気者などと誰が言い出したのでしょう。ひどいことをおっしゃいますのね」と強く抗議しているのである。
また、この記事に続いて次のような場面が見えている。

渡殿《わたどの》に寝たる夜、戸をたたく人ありと聞けど、おそろしさに、音もせで明かしたるつとめて、

夜もすがら水鶏《くひな》よりけになくなくぞ　まきの戸口にたたきわびつる

返し、

ただならじとばかりたたく水鶏ゆゑ　あけてはいかにくやしからまし　〈一〇三〉

ある夜、渡殿（建物と建物をつなぐ細い建物。女房の局などにも使った）の控え室で寝ていると、戸をたたく人があった。恐ろしくて物音も立てないようにして夜を明かしたが、翌朝、歌が送られ

て来た。あなたが部屋の戸を開けてくれないので、水鶏《くいな》のように一晩中泣きながら戸をたたいていましたよ、というのである。水鶏とは水鳥の一種で、鳴き声が戸をたたく音に似ているので、右のような場面の歌によく詠まれている。それに対して式部は、あの鳥はどうもただごとではないと思われるほど激しく戸をたたいていましたもの、うっかり開けていたらどんなにくやしい思いをしたでしょう、大変なことになるところでしたわ、と返している。ここでは相手が誰かは明言していないが、前段との続き具合から道長であることは明らかである。今をときめく関白に対しても毅然とした態度で臨む式部の様子からも、先に述べた愛人伝説が誤りであることが窺われるが、一方で日記の記述の方に問題があると見る説もあるようである。つまり、自身の後ろめたさゆえにそれを糊《こ》塗《と》（カモフラージュ）するためであったというのである。

しかし、右の記事により時の権力者にさえ凛《りん》として立ち向かった式部の精神力の逞《たくま》しさ、人間像の深みに共感を覚えるのは自然であり、また、悪い冗談を言いながらも、彼女の才能を温かく守り育てていった道長の大きな人となり、存在感が認識されるところであろう。

主人たちとのかかわり
―倫子―

彰子は道長の長女であるが、その母は倫子といって源氏の出身である。一夫多妻の時代とはいえ、道長の正夫人として長男頼通をはじめ多くのすぐれた子女たちに恵まれ、堂々たる地位を築いていたが、式部と倫子とのかかわりはいかなるものであったろうか。

同僚女房たちに対しても謙虚さを忘れず慎重に対応した式部であるから、女主人の母に対しても十分な敬意と配慮を尽くしたろうし、また倫子も聡明な教養に富む夫人で、娘の女房とはいえ才芸に秀れた誉れの高い式部にそれなりの礼は怠らなかったはずである。枕草子の中には中宮定子の母（高階貴子）に対して、折にふれて皮肉とも羨望ともとれるような言辞が見られ、清少納言と貴子の不仲説注(11)などが浮上する火種ともなっているが、紫式部日記の中には表立って二人の確執を偲ばせるような気配は見当たらない。倫子に関する記述自体が少なく、稀に見えても叙述中心のもので、作者の感情表出などは皆無である。しかし次の事例のみはやはり物議をかもすところであろう。

中宮の出産を控えた寛弘五年九月九日、重陽《ちょうよう》の節句の折である。この日、前夜から菊の花にかぶせておいた朝露に湿った綿（着綿《きせわた》という）で身体を拭うと、老いを避け邪気を払い、千年の長寿を保つという言い伝えがあったが、

九日、菊の綿を兵部のおもとの持てきて、「これ、殿《との》の上の、とりわきて、いとよう老いのごひすてたまへとのたまはせつる」とあれば、

菊の露わかゆばかりに袖ふれて

花のあるじに千代はゆづらむ

とて、返したてまつらむとするほどに、「あなたに帰り渡らせたまひぬ」とあれば、ようなさにとどめつ。〈一六〉

兵部《ひょうぶ》のおもと（「おもと」は親しみをこめて人を呼ぶときの呼称）という女房が、「奥方様からですよ」と菊の綿を式部のもとに届けてきたが、そのときの伝言には、「この綿であなたの老いを十分拭ってさっぱりして下さいね」とあった。式部がこれに対して、「この綿で私はほんの少し若返って、あとは花の持ち主であるあなた様にお返しし、千年の寿命はおゆずりしましょう」という意の歌を詠んで、綿と一緒に返そうとすると、倫子はすでに自室に戻ってしまったという。そこで仕方なくそのままにしてしまったのである。

これは式部の不老長寿を願って倫子が着綿を送り、式部は「自分はこれで少しだけ若返らせていただき、あとは奥方様に」と、お互いに相手を思い合ったほほえましいやりとりに見えるが、やや冷ややかな感触も否めない。それは倫子から式部に向けられた視線で、ある程度の年齢の女性に対して、「老いを念入りに拭ってね」という皮肉にもとれるもの言い、また相手に返歌の猶予を与えず、さっさと立ち去ってしまったことである。もちろん倫子の自室まで使いを走らせることもできたのだが、そこまでする必要もないと判断したのであろう。

以上二つの点から倫子の式部に対する冷たい視線を云々するむきもあるが、「老いを拭う」という言葉にそれほど深い意味をもたせず、単なる祝辞、あるいは軽い冗談とみることもできよう。また倫子が急いで引き上げたことにも何らかの急用があったか、あるいはさして返歌を期待していなかったものと見なすこともできようか。

道長をめぐって倫子と式部の三角関係などの憶測が浮上するのも、右のような事情からであるが、それはともかく、娘のすぐれた教育係としての式部の手腕に感謝する一方で、その才智を見込んで夫が過分な援助を与えていることに多少の不快感を覚えることも、妻、女としては自然の成り行きともいえよう。が、そうした感情が倫子の側にあったとしても式部はさりげなく受け流し、賢明に身を処していったものと思われる。

ちなみに枕草子のなかで貴子についての記述を見ると、清少納言が出仕して間もないころ、新参女房たち（彼女も含めて）に貴子がお目通りを許さなかったことについて、「ちょっと残念な気がする」との不満めいた感想をもらしたり、また貴子の勢い盛んなる人生について、「立派な御夫君やお子様方に恵まれて、本当に御運の強い方」という、やや皮肉にもとれる表現をちらつかせているのである。

⑾中宮定子の母は高階氏の出身で名を貴子といい、道隆の正夫人（北の方）である。学問、教養にすぐれ才女であったが、清少納言とはあまり良好な対人関係ではなかったという、いわゆる不仲説がある。真偽のほどは

不明であるが、枕草子の中には貴子への好意的な讃美の視線はあまり見受けられない。やや皮肉めいた冷たい視線が散見することは多少あるといえようか。

（六）自照・述懐

玉の台《うてな》のむなしさ

紫式部日記の中には宮廷及び道長邸内の公的な日常記録とともに、作者の心情や内面を表白、吐露したいわば随想的部分とがあるが、そこには彼女の内面的世界のあり様、社会観、人間観、諸々の価値観をはじめ世情への感慨等、かなり自在に綴られており、紫式部の人となり、人間像を知るうえで有力な手がかりとなっている。

若宮が誕生してしばらくすると、一条帝が母子を見舞いがてら道長邸に行幸することになる。邸内は準備で大童《おおわらわ》のころ、華やぎとざわめきの渦中にあって式部は静かな感慨にくれている。珍しい菊、美しい菊を諸方よりとり寄せた華麗な菊の花園を前にしたとき、その見事さに思わず目を見張り、自らの老いの波も吹き飛ぶような気もするが、しかし、一方で、

なぞや、まして、思ふことの少しもなのめなる身ならましかば、すきずきしくももてなし、若やぎて、つねなき世をも過ぐしてまし。めでたきこと、おもしろきことを見聞くにつけても、ただ思ひかけたりし心のひくかたのみ強くて、ものうく、思はずに、なげかしきことのまさるぞ、いと苦しき。〈三八〉

この花園の美しさを愛で、素直に酔い痴れることができたらどれほど幸せなことか。物思いも何もない気楽な身の上であればそれもできようが、世間の栄華にふと目をそらすような自らの日々の習性に苦汁を隠せない。現実に他愛なく迎合し、おもしろおかしく生きることができたらどんなに楽か。しかしそうした安易な身の処し方を許さない、覚めた視線が常に己《おの》が体内に住みついているのである。いわば自分で自分を過酷に追いつめているのであるが、他の女房たちの手前は「愚か者、ぼんやり者」として身を演ずることはできても、自らの心の鏡を偽ることはできない。そこに式部の透徹した悲しみ、苦悩の温床があった。

その年の暮れ、久々に実家から宮中に戻った式部は、何年か前のちょうど今ごろ、はじめて宮仕えに出た日のことを思い返している。

師走の二十九日に参る。はじめて参りしもこよひのことぞかし。いみじくも夢路にまどはれしかなと思ひ出づれば、こよなく立ち馴れにけるも、うとましの身のほどやとおぼゆ。〈七一〉

出仕当初は、気恥ずかしさに我を忘れて動揺していたのに、今ではすっかりもの馴れて、ともすれば厚顔無恥にもなりかねないわが身が何ともやり切れない。これは世間ずれすること、浮き世に迎合することを潔しとしない自身の本然の吐露でもあるが、その思いは次の歌にもよく尽くされている。

同夜、控えの局で休んでいると、近くの女房たちの部屋を訪れる男たちの沓音《くつ》が遅くまでやかましく響いてくる。するとある女房が、「宮中はさすがににぎやかですわね」と色めかしく言うのを聞いたとき、

年くれてわが世ふけゆく風の音に
こころのうちのすさまじきかな　〈七二〉

という独詠歌《どくえいか》（人に贈る歌ではなく自身に詠みかけるような歌）がふと口をつくのである。今年も暮れてゆく、そしてわが身もまた老いの波を重ねてゆく。この夜ふけに吹く師走の風の音を聞いていると、心の中まで寒々と冷たい風が吹きぬけていくようだ。

普通の人ならば心地よく酔い楽しむことのできる華やぎの世界に、どうしても浸りきることのできない覚めた思い、孤独と愁いを存分に表白した歌であるが、これは宮仕えの場にあって自らを決して解放しきれず、常にこの「楽園」注(12)に対して他者、アウトサイダーの視線で臨むしかなかった式部の宿命的な姿勢を示すものであろう。

(12)秋山虔氏は更級日記の作者の馴染めぬ宮仕え生活について次のように述べておられる。十二月二十五日仏事供養のため出仕した道すがらの詠歌、「年は暮れ夜は明け方の月影の袖にうつれるほどぞはかなき」について、「紫式部日記の『年暮れてわが世ふけゆく風の音に心うちのすさまじきかな』の歌に見られる凄絶な寂寥感はないが、式部と同様に、やはり宮仕えの世界に対して他者であるほかはなかった、作者の悲哀の流露する歌といえよう。」（新潮日本古典集成『更級日記』）

里居にて

そのころの宮仕え女房たちの勤務条件はかなり自由なものであったらしい。固定した俸給などを目当てにするわけではなく、有力貴族との何らかのつながりを求めることが主な目的であったから、勤務に伴う時間的拘束などはほとんどなきに等しく、各人各様の裁量に任されていたようである。

上流女房たちは宮仕え先（宮中及び権門貴族の邸内）に各自の控え室（個室で、局《つぼね》という）を与えられ、中宮など、女主人の御前に伺候しているとき以外はそこで休憩したり、趣味や執筆活動などに当たったりした。また、それぞれの実家（里）への出入りも自由であった。急用がなければかなり長期にわたる里下り（里居《さとい》）も可能であったので、式部などは里居中に存分に筆を進めることができたと思われる。それとともに実家での滞在は人目の多い宮仕え生活から解放され、しばし安息と英気を養う格好の場でもあったが、また一方で、平生華やぎの世界にあって忘れていた自らの身の憂さ、あり様などを改めて実感させられる機にもなったのである。不本意な宮仕えの日々は外観の賑わいと多様な対人関係、諸事等への対応に追われ、自身を顧みる余裕もない。ある意味でそれはそれなりの安逸でもあるが、里居の折にはいやでもむなしいわが身の自覚、孤独と寂寥感に身を苛まれることも稀ではなかった。

見どころもなきふるさとの木立を見るにも、ものむつかしう思ひみだれて、〈五六〉

さも残ることなく思ひ知る身の憂さかな。〈五七〉

華麗な御殿の見事な庭園に比して、みすぼらしい我が家の庭木を眺めるにつけ、また別の世界に来たようなわびしさ、むなしさが胸に迫り、心の晴れるひまとてない。ここに居るつつましい自分こそが本来の自分なのに、あの美しい世界で華やかな演技を演じているのはいったい誰なのか。かつて親交のあった友人たちも、宮中へ里へと「住みか定まらぬ」わが身なので、もうここに訪ねてくれることもなくなってしまった。そして、

すべて、はかなきことにふれても、あらぬ世に来たるここちぞ、ここにてしもうちまさり、ものあはれなりける。〈五七〉

家に戻っても自分を理解してくれる人もなく、「あらぬ世」に来たようで、身の置き所もない気がして、繁雑な宮廷生活よりわびしさが募ってしまう。「あらぬ世」とは、違った世界、別の場所という意味で、自らをとり戻すはずの実家にあって、逆に孤独をかみしめる不如意の念がこめられている。せめて親しい親族か、または側近女房たちの中に心を許し合える人があれば、これほどの孤絶感に悩むこともないだろうが、彼女に自邸を「あらぬ世」と認識させる要因には、皮肉にもごく親しいはずの側近女房たちも一枚加わっていたのである。

里下りしていたある時、父や夫の残した、今や塵にうずもれている多くの漢籍類から一、二冊取り出してながめていると、女房たちの陰口がふと耳に入ってくる。

御前はかくおはすれば、御幸はすくなきなり。なでふ女か真名書《まんなぶみ》は読む。昔は経読むをだに人は制しき。〈九一〉

自邸の女房たちが集まって、漢書類を読みふけっている女主人について、「御前（式部のこと、奥様）はこんな風だから（学問、漢文などに熱心なこと）女の幸せから遠いのでしょう。どうして女の身で漢文など読む必要がありましょうか。昔は女がお経を読むことだって嫌ったのですよ」とぶつぶつ言い合っている。それに対して式部は、「あれはいけない、これはいけないと縁起を担いでいる人が、将来長寿、幸せに恵まれるとも限らないのにね」と言い返してやりたかったが、じっとこらえている。女房たちの悪口も一面で理にかなっていることも認めざるをえないのである。

本来心安らぐべき里という空間で、周囲との意思の疎通がはかれなかったことは、宮仕え先で味わう以上の孤絶感、虚無感を招来することになった。

わが身はいかに　人はいかに

清少納言への強烈な批評はいわゆる人物批評の終わりごろにあるが、清少納言を除くとそれほど過激なもの言いは少なく、むしろ寛容と好意に根ざした趣が大方である。ことに身近な同僚女房たちについては敬愛と讃美の念が強く窺われるが、そうした女人批評の結びとして次のような一文が見える。人のことをとやかく言ってきたが、そういう自分は一体どうなのか、人を批評する資格があるのか、という自問自答でもある。無論、積極的な答えがなされるわけでもないが。

かく、かたがたにつけて、ひとふしの思ひ出でらるべきことなくて、過ぐしはべりぬる人の、

ことに行くすゑのたのみもなきこそ。なぐさめ思ふかたただにはべらねど、心すごうもてなす身ぞとだに思ひはべらじ。〈九〇〉

これといって心に残るような、たいした取り柄もなく生きてきたわが身では、これから先に何の期待も持てず、慰めに思うこともないのは残念だが、せめてすさんだ気持ちだけは持ちたくはない。わびしさ、むなしさのなかにも一筋の毅然とした姿勢が偲ばれるが、あくまでもひかえめな謙虚な自制に満ちた生き方である。周囲との協調を図《はか》るあまり、自らを厳しく律することに腐心する日々の心労が蓄積されるばかりであるが、決して自暴自棄になることはない。自己を冷静に見据える涼やかな視線を忘れていないのである。そうした彼女が求め続ける女人のあり様、理想像とはいかなるものなのか、次の一文はその答えの一端を示すものであろう。

さまよう、すべて人はおいらかに、すこし心おきてのどかにおちゐぬるをもととしてこそ、ゆゑよしもをかしく、心やすけれ。もしは、色めかしくあだあだしけれど、本性の人がらくせなく、かたはらのため見えにくきさまをせずだになりぬれば、にくうははべるまじ。〈九四〉

感じがよく、すべてにゆったりとおおらかで落ち着きがあることが大切で、それがあってはじめて風流や嗜みのよさなども自然と身についてくるものである。また、色っぽく浮気めいたところがあっても、生来、性格が素直で周りに不快感を与えることさえなければ、そう憎い感じはしないであろう。温厚でのどやかな安定感のある人柄、または少々はねっ返りでも邪心がなく人を傷つけるようなことがなければそれなりの評価がなされるというのである。前引の和泉式部なども後者の事例によく該当するが、紫式部は決して机上の理想的女人像を空想しているわけではない。宮廷世界という現実の厳しさを体感するなかに、彼女が心より探り求めていたもの、それは大らかで虚飾のない人の温もりであり、わが魂の安らぎと休息であった。将来に名声を期することもない拙い身ではあるが、心がすさんで、精神的に自滅することがないよう、人間として最も大切なものを探り求める旅を続けていったのであろう。そんな彼女がわが生涯を賭して徐々に創造、構築していったのが源氏物語という一大虚構世界であった。

第二章　源氏物語の世界

（一）　青春の碑《いしぶみ》

源氏物語とは

それでは、紫式部が精魂こめ、自らの生のあかしを託するように創出したと思われる源氏物語という虚構世界はいかなるものなのであろうか。現在、映画やアニメ、漫画など様々なメディアを介して人々のなかに浸透しているようであるが、その実像を把握する機会は意外に、いや極端にと言えるほど少ないかもしれない。古典文学の本質はその原典に直接ふれることによってしか真の理解の道はない、と言っても過言ではないが、それは特定の研究者や専門家を除いて現実問題としては困難であろう。そこで何とかこの壮大な作品世界の実相を少しでもわかりやすく、少しでも正確に写し出してみたいと思うのであるが、非力な身としてはまさに至難の極みというところである。が、このたどたどしい試みを通して、源氏物語への真のアプローチ、理解、体感がいささかでも可能になればと念じている。

物語は「いづれの御時《おおんとき》にか」という書き出しで始められる四代の帝、約七十余年にわたる記録である。古い古い昔の事情によく通じた老女房が、当時を回想しながら人々の様々なドラマを語り伝えてゆくという形式がとられているが、原稿用紙（四百字詰め）にすると約二千枚以上にも及ぶ大長編小説である。千年も前に一人の女性の手でかくも長い物語が書かれたということ自体、謎の謎としか言いようもないが、その内容を探るに従い、まさにその思いはとどまるところを知らないと言ってもよい。

ちなみに源氏物語とある程度見合う作品を海外に求めるとすると、十六世紀、イギリスのシェイクスピア時代の作品が該当するという。それも必ずしも同質とはいい難いが、ともあれ日本の文学は世界の文学史に照らして、約数百年も先を歩いていたことになる。

ところで一般に源氏物語というと、桐壺《きりつぼ》の巻や若紫《わかむらさき》など比較的前の方の巻々がとり上げられることが多いが、物語の本質、真の主題に迫るには、後半、いや最後の最後まで見極めるしか道がないのである。わかりやすくいえば、源氏物語五十四帖を読破しないかぎり、物語世界の真の理解は得られないということである。その意味でも源氏物語の全貌が正確に知られることのごく少ない現状は無念であると言わざるをえない。

何とも消極的な話で前置きが長くなってしまったが、これもひとえに、いつか源氏全巻を読みといてほしい、そして日本人としてこの大いなる遺産を何よりの誇りとして確実に伝えていってほしい、後世に継承してほしいと願う一念に他ならない。

さきに「いづれの御時にか」という書き出しについて紹介したが、「どの帝の時代でしたでしょうか」という意味である。当時の物語は「むかし」「むかしむかし」「今はむかし」などで始められるのが普通であったから、源氏物語は冒頭起筆からして従来の物語の常識を超えたものであった。

このはっとするような、新鮮な発語で始められた五十四帖の物語の行方には、作者のいかなる想念がこめられているのであろうか。

光る君の登場

いづれの御時にか、女御、更衣あまたさぶらひ給ひけるなかに、いと、やむごとなききはにはあらぬが、すぐれて時めき給ふありけり。〈桐壺・一一七〉

著名な桐壺の巻の書き出しであるが、何の帝の時代でしたか、女御《にょうご》や更衣《こうい》（帝の夫人たち）がたくさんお仕えしているなかに、それほど高い身分ではないのに特別に帝から愛されていた方があった、として一人の女性が紹介されてくる。高貴な人々には一夫多妻が許されていた時代で、帝には複数の夫人たちが存在していた。女御や更衣がそれであるが、女御とは大臣家以上の姫君、更衣とは大納言以下の場合で、厳しい身分序列が保たれていた。女御や更衣は一人とは限らず複数であることも多いが、夫人たちの数が多いということは、帝の治世が安定し、世が栄えている証でもあった。ここに登場する女性も夫人の一人であるが、高貴な身分ではないというから後者（更衣）にあたり、桐壺更衣《きりつぼのこうい》と呼ばれる人である。

身分の上下がすべての基本となる時代、寵愛《ちょうあい》（帝からの愛情、好意）もそれに比例するものでなければならず、違反は禁物であった。序列、秩序を破ることは周囲に多大な反撃の波風を立てることになり、この更衣に寄せる帝の一途な愛は逆に彼女に苦汁を吞ませることになるのである。人々の憎悪、敵視の集中砲火を浴びた更衣は孤立し苦境に立たされる。まさに妨害、意地悪の限りを尽くされるが、それをあわれに思う帝の愛がさらに深まると、周囲の圧迫はよりエスカレートしてゆく。こうした悪循環のなかに彼女は心身ともに消耗してゆくが、前世からの二人の縁の深さを示すように玉のような男子が授けられる。これが後の光源氏《ひかるげんじ》、光君《ひかるきみ》である。

源氏の君というと美貌と才智に恵まれ、すべてに満ち足りた輝くような存在という印象を伴うが、実際には母の身分の低さ、そしてその実家の家運の傾き、という致命傷を担っての登場なのであった。そのころは帝の御子といっても幼少時より養育全般、また成人後の諸々の後見等、すべて母方の生家の物心両面の援助が必要であった。更衣の父大納言は既に亡く、老母一人で、頼れる兄弟もない生母の境遇は光君の将来にきわめて不利であったのである。しかし、こうした苦しい状況にあってこそ帝と更衣の至純の愛、悲願を脈々と受けついだ多感な貴公子の映像が鮮明に写し出されることになる。

彼が三歳の時、母更衣は長年の心労の積もりで他界する。祖母（更衣の母）もしばらくして没し、異例なことではあるが、幼い源氏は父桐壺帝の庇護のもとに宮中で育てられることになる。生来の美貌と聡明な知性、才芸に長けたこの少年は父の慈愛を一心に受けて健やかに成長してゆくが、輝かしい未来に向けてのスタートのさ中、大きな障害に見舞われるのである。それは永遠に許される

光源氏と藤壺

ことのない、不毛の愛の人との宿命的とも言える出会いであった。

父帝は更衣の没後、悲しみのあまり政務もままならず、周囲の勧める美しい夫人たちも慰めにはならなかった。ひたすら亡き人の面影を追い求める帝のもとに、故人に生き写しの高貴な女御が入内《じゅだい》（輿入れ《こしい》）し、ようやく事態は好転する。これが藤壺《ふじつぼ》の宮である。帝は彼女をこよなく愛し、亡き更衣への贖罪《しょくざい》の念もあってか、光君と藤壺を母子に見立てて二人の親交をはかったのである。

あなたはこの子の母と不思議に似通っているところがあります、親子と見てもよろしいでしょう。母のないあわれな子ですから、憎いと思わないでかわいがってやって下さい。藤壺は帝の意を受け入れて彼を慈しみ、少年は若く美しい継母に憧れ、睦み親しみ、幸福な幼少期を送ることになる。が、いつしか幼い胸内には母を超えた人への思いが育まれてゆくのである。彼のなかに徐々に芽生えてきたその思いを現実に確認させたのは、光君が元服《げんぷく》し、大臣家の姫君との結婚を契機にしてのことであった。

青年光源氏の苦悩
―藤壺への思い―

前述のように帝の御子でも母方の実家の援助が必須であった当時、それが望めない場合は、権門貴族の娘婿になり身の安定を図るというケースがあった。光君も十二歳で元服《げんぷく》（男子の成人式）の後、左大臣家の長女葵上と結婚することになる。いわゆる政略結婚である。父帝は万事に秀逸な彼に帝位を譲りたかったが、諸般の事情を考えてそれを断念し、右大臣家の女御を母とする第一皇子（帝の長男、後の朱雀帝）を春宮《とうぐう》（皇太子）に定めた。いや、そうせざるをえなかったのである。源氏は次男であったが、孤立無援の弟を後継者に立てることは不可能に近く、仮にそれができたとしても、本人の将来に安泰と幸いを望みがたかったからである。帝は彼を左大臣家（藤原氏）に養子に出したのではなく、皇族としての籍を離れ、臣《しん》籍《せき》（民間人としての戸籍）に降下させ、源氏の姓を与えたのである。これを賜姓源氏《しせいげんじ》（帝から源氏の姓をいただくこと）というが、ここで彼ははじめて源氏の君となり、左大臣家の姫君のもとに通うことになる。帝は愛するわが子を皇族から引き下ろすことにより、有力貴族の婿君としてエリート官僚の道を歩ませ、将来の平安を願ったのである。そのころ政界には左大臣家、右大臣家と二つの勢力が競い合っていたが、左大臣の正夫人は帝の妹君であり、葵上はその娘であった。

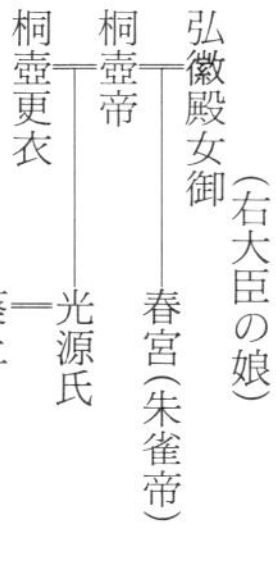

かくて元服、結婚の儀を経て、桐壺更衣の若君は「源氏の君」として新しい人生を歩みはじめるが、また光君、光源氏とも呼ばれている。光り輝くように美しいという意味で、世の人に讃美されたゆえという。当時よくある政略による結婚ではあるが、一心に息子の幸いを祈念する帝と、娘を溺愛する左大臣夫妻によって敷かれたレールの上を無難に歩いてゆけば、彼の未来はそれほど労せずして栄光と幸福に満ちたものになるはずであった。

が、「源氏の君」の誕生とともに青年光君の心は終始、愛の苦悩の住みかと化してしまうのである。それは葵上との結婚生活に幸せを見出せなかったというより、彼の胸内にこれまでそれほどにも痛まなかった不如意の愛の疼《うず》きが急速に大きくつき上げてきたからである。それは幼いころより慕わしさと憧れの対象であった継母藤壺への許されない思いであった。

この時代、高貴な女人たちは、夫、実父、同腹《どうふく》の兄弟（同じ母をもつ兄弟）を除いて成人男子と直接顔を合わせることを避けていたが、源氏も元服とともに成人として扱われ、藤壺と従来のように親しく相まみえることはできなくなっていた。

大人《おとな》になり給ひて後は、ありしやうに、御簾《みず》の内にも入れたまはず。御遊びのをりをり、琴、笛の音に聞きかよひ、ほのかなる御声をなぐさめにて、内裏《うち》住みのみこのましうおぼえたまふ。

〈桐壺・五〇〉

父帝はいかに源氏を愛していても、成人後は息子を大人として待遇し、簾内《れんない》（簾垂《すだれ》の中）に入ることを許さなかった。源氏は藤壺と直接会う機会を永遠に失い、御簾《みす》や几帳《きちょう》（衝立《ついたて》、カーテンの類）などを隔ててほのかな声や琴の音を聞くしか、彼女を身近に感ずるすべがなくなったのである。もう今までのようにあの方にお会いすることはできない、お声を聞くこともままならない、その失意の念が藤壺への思慕をより深く、より激しくかき立てることになる。彼女の代わりのように与えられた新妻（葵上《あおいのうえ》と呼ばれる）はわが胸を癒してくれることはできなかった。左大臣家の一人娘としての気位の高さ、勝ち気、思いやりの欠如等々、葵上の欠点は多々あげられているが、たとえ彼女がいかにすぐれた女性であろうと、源氏の心内深く別の女人が住んでいるかぎり、彼の心を満たすことはできなかったであろう。それでも源氏はたとえ会えなくとも、藤壺の住む宮中に留まることを好み、左大臣家には稀にしか通わなかった。一方、娘を不憫《ふびん》に思う父母たちは婿君の来訪を心より願い、できるかぎりの奉仕と献身を惜しまなかったのである。

まもなく生母の里邸を大修復し美麗な御殿が落成する。これが源氏の自邸となり、これからの様々なドラマの舞台となる二条院である。彼はここから左大臣邸に通うことになるが、通いはごく少なく、藤壺の住む宮中住まいをすることも多かった。この見事な御殿を手にしても、

かかる所に、思ふやうならむ人をするゑて住まばや。〈桐壺・五一〉

と、藤壺への思いは募るばかりであった。こんな美しい御殿にあの慕わしい方をお迎えできたら、未来に向かって逞しく輝かしく羽ばたいてゆくべき人生の門出にあって、まだ幼さの残る青年の心は深く狂おしく、むなしい愛の闇に閉ざされていたのである。

青春の恋のいたみ
―空蟬と夕顔―

富と名誉と高貴な新妻と、青年光君の人生は安定したレールの上を順調にすべり出したかに見えるが、その内奥は底知れぬ苦汁を秘めたものであった。十七、八才の、まさにかぐわしき貴公子に成長してもその思いは変わることなく、永遠の禁忌《きんき》の人を思い続け、いつ果てるともない不毛の愛の旅を続けていったのである。そうした内実とはうらはらに、才智と美貌を恣《ほしいまま》にする彼の名声と官位は日を追うごとに高まり、内外のギャップに、より苦しみは深まっていった。

葵上とは心からうちとけることもできず、胸内の痛みを癒すすべもない日常から逃れるように、時に新しい恋を求めたりすることもあったが、いずれも実ることはなかった。空蟬《うつせみ》と夕顔《ゆうがお》、これは彼の青春の恋の代名詞ともいえる女人たちであるが、前者は生別、後者は死別といういたましい結果に終わっている。

空蝉は中流貴族の出身で生家が没落し、老国司の後妻になっていたが、物忌《ものいみ》（悪い神のいる方角を避けて一時的に別の家に移ること）の宿でふと出会い、そのひかえめな心深い人となりに惹《ひ》かれた源氏は、彼女を執拗に追うようになる。栄光、輝きのただ中にある貴公子に心惹かれながら、現在の自身の立場、身分をわきまえた空蝉は彼の申し出を拒み続け、遂には夫の任国伊予《いよ》国（現在の愛媛県）へと旅立ってゆく。

時雨の降る初冬のある日、都を去る人へ、源氏は別れの文を送るが、そこには薄い夏衣《なつごろも》が添えられていた。それはその年の夏のある夜、空蝉のもとに強引に忍び入った源氏の気配を察知した彼女が、急いで逃げるときあわてて脱ぎ捨てられたものであった。源氏は無念の思いをかみしめながら、蝉のぬけ殻のようなその衣を持ち帰り、つれない人を偲んでいたが、その人が都を去るにあたり、万感の思いをこめて別れの歌とともに返すのであった。

逢うふまでのかたみばかりと見し程に
　ひたすら袖の朽ちにけるかな
　　　　〈夕顔・一七四〉

私を嫌い逃げ隠れてしまったあなたにもう一度お会いできるまで、せめて形見にと存じましたが、

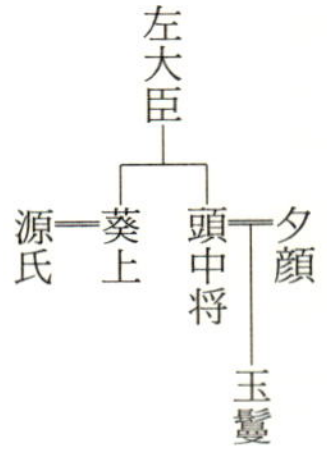

その望みもかなわなくなった今、お返し致しましょう。あなたへの私の辛い思いの涙にぬれて袖がボロボロになってしまいましたが……。ちなみに空蟬《うつせみ》という名は、本人はなく夏衣だけが残されたことに、蟬の抜《ぬ》け殻《がら》（空《から》の蟬）を連想したものである。

もう一つの恋、それは夏の夕べ、ほのかに白い花を咲かせて、その夜のうちにしぼんでしまう、夕顔の花にも似た人とのはかない縁《えにし》である。

夏の夕ぐれ、京の下町に病気の乳母を見舞った源氏は、隣家に夕顔の咲く垣根を見つけ、ふとした歌の贈答からその家の住人と親しくなる。それは源氏の親友、頭中将（葵上の兄）のかつての恋人であったが、心やさしくはかなく可憐な女の風情に魅せられてゆく。ある夜、下町の騒々しさを逃れるように廃院（人の住まなくなった荒れ果てた邸）に彼女を連れ出したところ、物《もの》の怪《け》によりあっけなくとり殺されてしまう。物の怪とは人の死霊《しりよう》、生霊《いきりよう》などのことで、他の人々の体にとりつき様々な災いをもたらすと信じられていた。

突然のことで茫然自失の源氏は、夕顔への限りない追慕の念にくれて重い病の床に臥すが、はかない愛の思い出は以後長きにわたり彼の心内に深い影を落とすことになる。

見し人のけぶりを雲と眺むれば

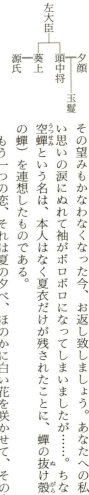

夕《ゆうべ》の空もむつましきかな　〈夕顔・一六九〉

あの人は火葬の煙となって空に消えてしまったが、その煙が天に昇って雲になったのかと思うと、雲のたなびく夕方の空までが、故人を偲《しの》ぶよすがのようで慕わしい気がする。

あっけなく消えた二つの恋、実ることのなかった愛の思い出は光源氏の青春の苦《にが》み、悲しみであるとともに、向後もその胸に幾久しく痛みを残し続ける。それは彼の人生における愛の不如意を象徴的に示しているようでもあった。

紫のゆかりの君
―若紫の登場―

源氏物語の女君というとまず紫上《むらさきのうえ》があげられるが、彼女はどのようなルーツの女性なのであろう。源氏が恋い慕ってやまない、禁忌《きんき》の人、藤壺によく似た形代《かたしろ》（身代わり）として登場するのがその初めである。後半、紫上は藤壺と同等、あるいはそれ以上の人として源氏の心眼に捉えられるようになるが、はじめははかない身代わり人形でしかなかった。無論本人はそのことを知る由もない。

夕顔、空蟬との無念の恋を見送った後、しばらくしてわらわ病《やみ》（熱病の一種）を患った源氏は治療のため北山（鞍馬山あたりか）に赴いた。治療といっても当時は高徳の僧から加持《かじ》、祈禱《きとう》（お祈りをして仏の救いを求めること）を受けることであるが、その山で偶然愛らしい少女に出会った。

雀が逃げてしまい、泣く若紫

その登場場面は北山の段といわれ、源氏物語の中でもよく知られているが、実に清々しく印象的に描かれている。春の早朝、山に着き、祈禱が一段落した昼ごろ、山頂から見下ろすと僧坊《そうぼう》（僧侶たちの小さな住居）が点在するなかに、ふと女、子供の姿が望まれる。不審に思った源氏は夕方、供人一人を連れて近くまで行ってみると、上品な尼君が経を読み、女の子が何人か遊んでいる。そこへ、

「十ばかりにやあらむ」と見えて、白き衣、山吹などのなれたる着て、走りきたる女ご、あまた見えつる子どもに、似るべうもあらず、いみじくおひさき見えて、美しげなるかたちなり。髪は扇をひろげたるように、ゆらゆらとして、顔はいと赤くすりなして立てり。

〈若紫・一八四〉

どこからか走ってきた十歳ほどの少女、子供たちの中でも一際愛らしく人目を引くその子に、彼の目は奪われてしまう。無邪気な泣き顔に、扇を広げたような長いおかっぱの髪がゆらゆらとゆれ、これからの成長の先が楽しみな可愛らしさである。が、彼を引きつけたのは少女の姿、形だけではなかった。

つらつき、いとらうたげにて、眉のわたり、うちけぶり、いはけなくかいやりたる額つき、髪《かむ》ざし、いみじう美し。「ねびゆかむさま、ゆかしき人かな」と、目とまり給ふ。〈同・一八五〉

と、涙で赤くなったふっくらとしたかわいい頬の様子や額、髪の感じ、そして成長後の美しさへの期待感などがくり返され、その後で次の一文が加えられているのである。

さるは、かぎりなう、心を尽くし聞ゆる人に、いとよう似たてまつれるが、まもらるるなりけりと、おもふにも涙ぞ落つる。〈同〉

すなわちこの見知らぬ少女に目がすい寄せられたのは顔かたちの愛らしさ、美しさのみではなかった。それは彼が恋い慕ってやまない、あの慕わしい方の面影が幼女のなかに探り当てられたから

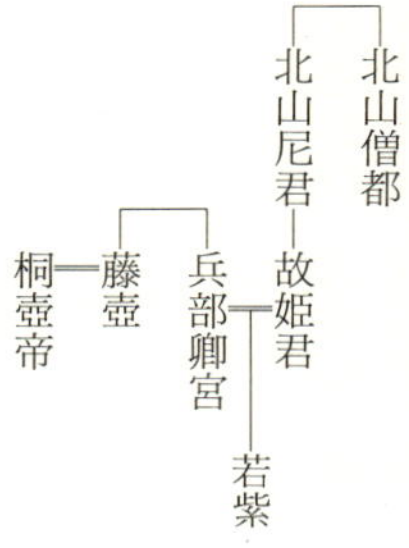

である。思わず胸が熱くなり、涙のこぼれるのを禁じえなかった。この子は藤壺に大変よく似ていたのである。

この時代の物語には「ゆかり」というテーマがよく見うけられる。「ゆかり」とは縁、つながり、かかわり等の意で、血縁のつながりをはじめ、何らかの関連で人と人が結びつけられることである。愛を扱った物語の場合、愛を求めても許されぬ人の代わりに、その人にかかわりのある人を得ることにより、身代わり、形見のような趣で自らの心を慰め、救いを得ることである。概ね男性の側からの発意に基づくものであるが、たとえば愛する人の姉や妹、また親族などを本人の代わりにすることである。血縁の場合には当然、容貌や性格などの通い合いが大きな要因になってくる。

「さても、いと美しかりつるちごかな。何人ならむ。かの人の御かはりに、明け暮れのなぐさめにも、見ばや」と思ふ心、深うつきぬ。〈一八七〉

それにしても何とかかわいらしい子であろう、いったい誰なのだろう。あの方のかわりにあの子をそばに置いて、朝夕のわが心の慰めにしたい、源氏はそんな思いを深くしたのである。そしてその夜、実はこの少女が藤壺と血のゆかりがあることを知らされ、いよいよ決意を固くするのである。

この子は藤壺の兄、兵部卿宮《ひょうぶきょうのみや》の娘であったが、庶子（正式には世間から認められない子供）のような身で、母はすでに亡く、祖母の尼君に育てられていた。祖母が病になり、その兄の僧都《そうず》（僧正《そうじょう》に次ぐ高い位の僧侶）を頼って北山に療養に来ていて、少女も付き添っていたのである。これが源氏と若紫の出会いである。この後、源氏のもとに引き取られて成長し、紫上となるが、幼いころ初めて登場する巻名にちなみ、若紫の君と呼ばれている。

紫の君の成長

まもなく若紫は二条院に迎えられ、源氏のもとで娘のように養育され、予想に違わず見事な成長ぶりを見せてゆく。祖母の尼君は孫娘の二条院移転を不安に思い反対していたが、病で亡くなると、孤児のようになった少女は未来の夫の手に委ねられることになる。しかし、彼女には、なぜそうなったのか、自分が源氏の慈愛の対象になった本当の理由、真相については生涯明かされることはなかった。以後、少女には一見幸多い平穏な日々が約束されるが、こうした人生が本人にとっていかなる意味をもつのか、それはともかくとして、この薄幸の姫君は、ひとまず安定した人生航路を歩み始めることになる。

たぐいまれな貴公子、光君に見初められたシンデレラのような紫の君、世の人は彼女を羨望のまなざしで迎えたが、男女としてのこうした二人の結びつき方は当時としては異例であった。本来、家と家同士が格式や権威などを考慮して定められるべき貴族の結婚が、男君の意向で一方的に運ばれ、女の側に何ら経済的基盤がなく、最初から同居、引き取りのような形で始められたのである。従って、若紫は幼く何の事情も知らされぬままに、まさに生涯源氏の愛のみにすがるようにして二条院に入ったことになる。

女が生家に夫を通わせることが通例であった時代、二人の関係は男君の純粋な愛を基調とした理想的な、美しいものである反面、それを持続させるためには女の側に非常な努力と忍耐という重荷を課するものでもあった。しかもその愛の源泉は紫の君本人とは別次元にあった。もっとも、二人が実際に結婚するのはずっと後年のことであるが、そのはじめに右のようないきさつがあったことは紫上にとって終生の負い目、致命傷ともなり、女の誇りを著しく損うことになったのである。

が、ともあれ、そうした大人、世間の思惑、ルールを知らされることもなく、この天衣無縫の童女は、父とも兄とも仰ぐ源氏に温かく育まれ、健やかに美と才智に恵まれた至福の女君へと成長してゆく。無名の少女はいつしか二条院の姫君として世の脚光を浴び、源氏も内心で恋い慕う藤壺の面影を偲びながら、満足の思いで養育に余念がなかった。

実際の結婚までにはまだ歳月がかかるが、幼いころから源氏の理想の人、憧れの人の形代、ゆかりとして、少しでもその人に近づくよう育てられ、様々な教育を施された若紫は、その期待に存分に応える美しい聡明な女君へと開花してゆくのである。

小さき御几帳ひきあげて、見たてまつり給へば、うちそばみて、恥ぢらひ給へる御さま、あかぬ所なし。火影《ほかげ》の御かたはら目、頭つきなど、「ただ、かの心つくし聞ゆる人に、違ふ所なくも、なり行くかな」と見給ふに、いと嬉し。〈葵・三五五〉

これは若紫が二条院に移り何年かたったころであるが、正妻葵上が亡くなり（後述）、左大臣邸で四十九日の喪に服した源氏が、ようやく自邸に戻った折である。久しぶりに目にする紫上は恥じらい顔をそむけているが、不完全なところが全く見当たらないほど美しい。灯びに浮かぶ横顔、髪の具合など、ただ一筋に思いを尽くしているあの方にそっくりである。彼は感動してうれしさをかみしめているが、少女から大人へのプロセスのなかに、紫の君は藤壺のゆかりとしての役割を確認され、それを確実に果たしているのである。

まもなく彼女は源氏の妻となり、若紫の君から紫上へと女人として成長をとげていく。源氏の愛を恣に、多くの女君たちの頂点に立ち、まさにシンデレラ物語の実現というところであるが、紫式部の紫上造型の意図が、単なる幸福な姫君の夢物語作りではないことは明らかである。

妻の座をめぐって
―葵上と六条御息所―

話を少しもとに戻すと、若紫が二条院に移って三、四年ほどしたころ、源氏の正妻である葵上が懐妊した。源氏とは愛の薄い結婚生活であったが、左大臣家では久しく待ち望んでいた夢がかない大よろこびであった。無論源氏もわが子に恵まれる幸いを感謝し、葵への手厚い配慮を怠らなかった。しかしこの吉報に不快の念を禁じえない人がいた。

それは六条御息所《ろくじょうのみやすどころ》と呼ばれる高貴な女人で、源氏の通い所の一人であった。彼女は大臣家の姫君で前の皇太子の夫人となり、ゆくゆくは帝の后にもなれるはずであったが、不幸にも夫が急逝し、若くして未亡人になってしまった。源氏はその高貴な美貌と優れた才智、教養に惹《ひ》かれて愛を求めたが、年下の源氏との浮名が世に流れるのを恐れた御息所は応じなかった。が、執拗に追い続ける彼の熱意に遂に負けるのであるが、彼女が愛を受け入れ源氏を愛するようになると、皮肉なことに男の情熱は急速に冷めていった。誇り高い女君はわが身を恥じ無念の思いをかみしめるが、理性とはうらはらに源氏への情愛は加速し、深まってゆくのをいかんともしがたかった。

故皇太子
├──姫君（斉宮）
六条御息所

なぜ彼は御息所を避けるようになってしまったのか。それは相手があまりに気高く格式高く、気づまりなのが煩わしく思われたこともあろう。女が立派に整いすぎているため、ついつい敬遠され足が遠のいてしまう。ゆったりと気楽にくつろげる心の安息の場がなかったゆえでもあろうが、一方で求めるものを手に入れてしまうと、ふと情熱が冷めてしまうという、男の本然、エゴイズムの所以といえるかもしれない。

世に浮名を流し、前皇太子妃のプライドをいたく傷つけられ苦悩を深める御息所を、さらに刺激したのは葵上懐妊の知らせであった。これまで、葵と源氏は冷淡な夫婦仲という噂にそれなりに望みはつないできたが、これにより源氏が自分からさらに遠ざかるのは火を見るよりも明らかであった。そんな折しも、彼女の神経をずたずたに引き裂くような事件が起きたのである。

四月、葵祭の頃、多くの人々は祭の行列を見物するため、早々と都大路に席（車を置く場所）を取っていたが、葵の一行はかなり遅く到着したためすでに車を置く余地がなかった。が、左大臣家の権勢を誇示する従者たちは、力の弱そうな人々の車をどんどん後方に押しのけ、葵上の車、そしてお供の女房たちの車までよい場所にたて並べてしまった。ところがその被害にあった車のなかに御息所の忍び車があったのである。

御息所は懊悩を重ねる折柄、祭の行列に供奉《ぐぶ》する（お供すること、付き添うこと）源氏の姿を一目見たいと願い、人目を忍んで質素な車で出かけてきたのであった。供人同士で互いに相手が誰かを察し合い、葵の従者が御息所の車と知って乱暴を働いたのであるが、行列もよく見えない所に追いやられ、車のあちこちを傷つけられた御息所の怒りと屈辱感はたとえようもなかった。ほどなく行列が通り源氏は葵の一行に丁重に挨拶して過ぎ去るが、後方の御息所の存在に気づくべくもない。

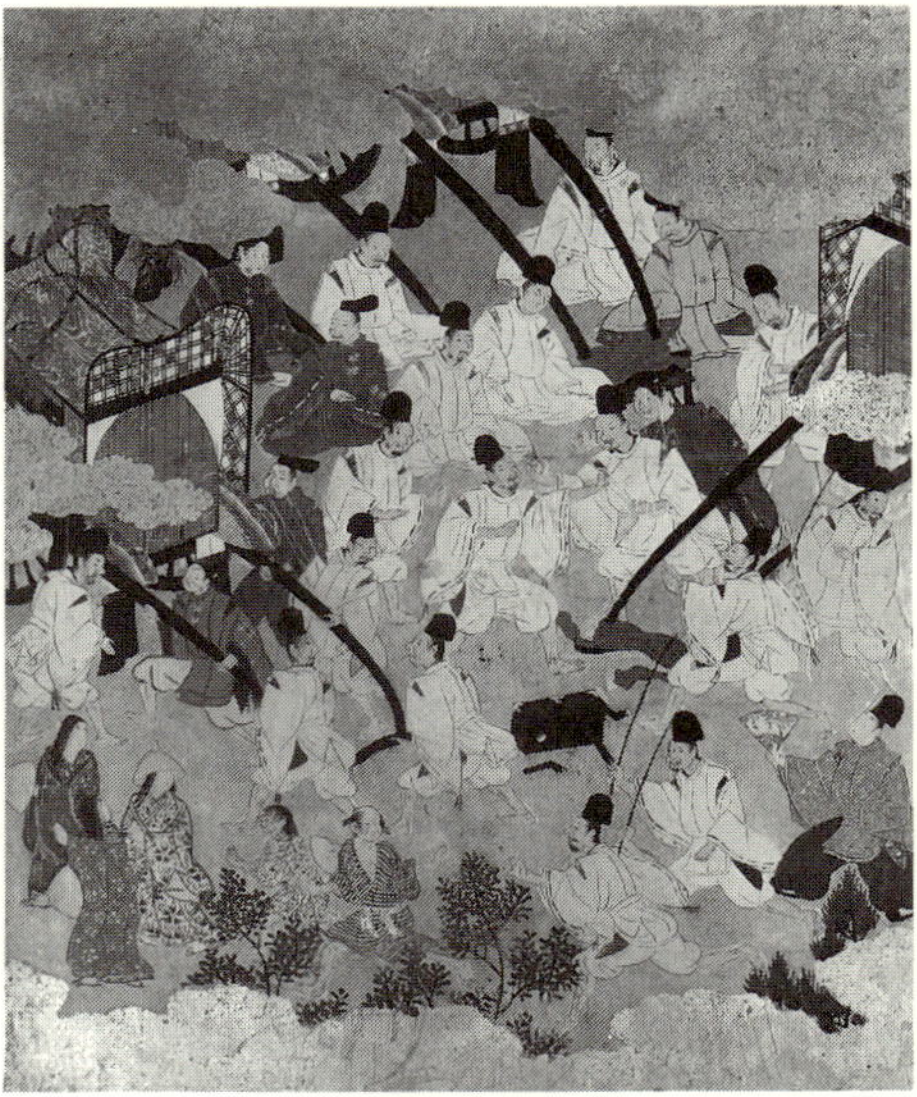
葵祭での車争い

正妻との格差を人前でまざまざと見せつけられ、徹底的にプライドを傷つけられた無念は極まりないが、しかし一方で、人垣の後ろからかすかに望む源氏の麗姿に思わず目を奪われてしまう。よそながらでも会えたよろこびをかみしめ、つれない男への慕情がかきたてられるのを、われながらどうしようもなかったのである。

　この日を境に御息所の神経は異常に高ぶり、いつしか葵上への怨念が募り、自制心もままならなくなってゆく。嫉妬、恨みの情念は日毎に激しく燃えさかり、我知らず物《もの》の怪《け》となって葵上にとりつき、出産を控えた彼女を苦しめることになる。

　当時、病の原因は主に物の怪と考えられていた。物の怪とは人の生霊《いきりょう》、死霊等のことである。死者の霊、魂はもちろん、さらには生者の場合でも、あまりに物思い、心労がかさなり神経が動揺すると、その魂が肉体を離れて生霊となり、他者にとりつき病因となって相手を苦しめるという。病を治すには仏の力に頼り、高徳の僧の加持、祈禱（祈りの行）によって物の怪を調伏《ちょうぶく》（こらしめること）、退散させるのである。

源氏
‖――夕霧
左大臣―葵上

御息所の生霊が葵上にとりつき、出産を邪魔しているという噂はたちまち広まり、源氏も不快の念を禁じえない。が、何度かの危機を乗りこえて葵は男子を出産したのである。これが後に夕霧《ゆうぎり》と呼ばれる長男である。しかし人々の安堵もつかの間、まもなく容体が急変し、葵は遂に帰らぬ人となってしまう。

幼な子は生まれながらに母がなく、周囲の涙を誘うが、源氏の思いは複雑であった。女の嫉妬、情念の激しさ、おぞましさに愕然とするものの、また悲劇のなかにも、死を前にして、葵との間にいささかでも心の通い合いを覚えたことは幸いであった。久しい間、心の壁を取り除けなかった二人であったが、死の床で葵は夫の愛を理解し、いつになく心温かいまなざしを送ってくれた。長い間、妻への背信を重ねてきた源氏の悔悟の念もひととおりではなかった。

が、その一方で、御息所の女としての愛憎の苦しみ、煩悩の悲しみに対しても、深い思いを致さざるをえないのであった。

（二）没落、そして栄光への道

没落　須磨の道

葵上の没後、夕霧を左大臣夫妻に託し、失意の日を送る源氏の身辺には様々なかげりが見えはじめる。葵上との確執の末、妻の座を得られなかった六条御息所は、物の怪事件の苦境もあって、都を去る決意をする。源氏は時を同じくして葵、六条と二人の高貴な女人を失うことになった。

御息所の行く先は伊勢であった。光源氏の最大の後ろ盾であった桐壺帝が退位し、朱雀帝が即位すると、御代替わりに伴い、伊勢の斉宮《さいぐう》として御息所の娘が卜定《ぼくじょう》（神意により任命されること）されたからである。斉宮は斉院《さいいん》とともに帝が変わるごとに定められる、神への奉仕を任務とする高貴な女人で、前者は伊勢神宮、後者は京都の賀茂神社に仕える人である。多くは未婚の皇女（内親王）がこれにあたり、該当者がいない場合は、皇女でなくとも皇族のしかるべき女性が任命されることもある。御息所の娘は前皇太子の娘であるからそれにあたる。

葵上の亡き後、御息所が源氏の正妻になるのではないかとの噂もあったが、彼の態度は相変らずであった。これ以上の恥辱を避けるためにも苦悩の末に、娘に付添うことを口実に、御息所は伊勢に身を引くことを決心したのである。

弘徽殿女御 ══ 朱雀帝
桐壺帝 ══ 藤壺
　……春宮（後の冷泉帝）（実父は源氏）

まもなく桐壺院も没し、源氏は絶大な庇護者を失うことになるが、彼や藤壺の将来を案じた父院は朱雀帝の春宮《とうぐう》（皇太子）として藤壺の皇子（後の冷泉帝、後述）を立て、その後見者として源氏を指名しておいたのである。

しかし実はこの皇子は桐壺帝の子ではなかった。表向きは藤壺を母とする先帝晩年の最愛の皇子であるが、実父は源氏なのである。若紫の巻、ちょうどあの少女に出会ったころであるが、禁じられた愛に苦しみぬいた源氏は、折から病で里下りしていた藤壺に秘かに逢瀬を求めたのであった。無論父院はこの事実を知る由もない、いやそういうことになっているのであるが[注(1)]。

桐壺院の一周忌を機に、藤壺は亡夫への贖罪とわが子への愛にかけて、出家落飾することを決意する。帝の没後、源氏の自らに対する執心を避け皇子の安泰をはかるためであるが、源氏はここに至り永遠の女性を永遠に失うことになった。

が、それ以後、藤壺と源氏は男女の次元を超えて、わが子の将来を守るという共通の目標を求めて新しく結び直されるのである。無論、二人にとって苦汁の道の選択でもあった。

しかし、こうした秘めたる苦の世界の克服を願う努力もむなしく、外圧は急速に厳しさを増していった。新帝（朱雀帝）の即位とともに、その母弘徽殿女御の里方、右大臣家の勢力は一気に強ま

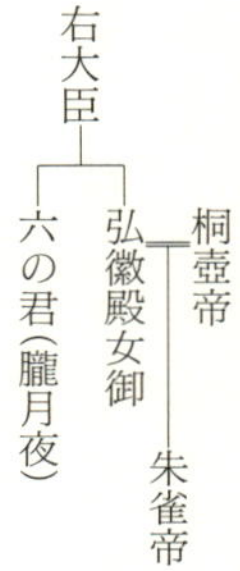

り、左大臣家ならびにその系列の人々には恵まれない冬の時代が訪れていた。ことに新帝の母は桐壺更衣の折以来の恨みを晴らすように、藤壺、光源氏らを激しく追いつめてゆく。たまたま右大臣家の姫君（朧月夜《おぼろづくよ》）と源氏とのスキャンダルが引き金となり、彼は遂に都を去る決意をする。春宮の将来を考え、自らが身を引くことで事態の収拾をはかろうとしたのである。これは当時の貴《き》種《しゆ》流《りゆう》離《り》譚《だん》（高貴な人が辺地に流される物語）のスタイルになるが、源氏自身も菅原道真や源高明、在原行平など、同じ運命を辿った先人たちのイメージを育みながら、[注(2)] 辺地で復活の時節を待つことになる。

落ち行く先は須磨《すま》の浦（現在の神戸市）であった。都を去るにあたって多くの人々との別れの場面が展開されるが、紫上とのそれはことに哀感深く綴られている。出発も近いころ、見舞いに訪れた親しい人（異母弟）に会うため、地味な装いに身を包んだ源氏の、やや面やせた姿が鏡の中に写し出されると、紫上はたえがたい思いであった。

女君、涙をひと目浮けて、見おこせ給へる、いと忍びがたし。

身はかくてさすらへぬとも君があたり
　さらぬ鏡のかげははなれじ

と、きこえ給へば、

わかれてもかげだにとまる物ならば
　鏡を見てもなぐさめてまし

いふともなくて、柱がくれに居隠れて、涙をまぎらはし給ふさま、「なほここら見る中に、たぐひなかりけりと思し知らるる人の御有様なり」と、まもられ給ふ。

〈須磨・二〇〉

「わが身は都を離れて他国にさすらっても、この鏡に写っている私の姿はいつもあなたのそばを離れませんよ」と源氏が言うと、紫上は、「別れ別れになっても、この鏡の中のあなたのお姿がいつまでもここに残ってくれるのなら、私はいつもこの鏡を見て心を慰めることもできましょう。でも鏡の影はあなたと一緒にすぐ消えてしまうのですから……」とふとつぶやく。柱に隠れて涙を紛らわすそのいじらしい姿に、源氏はあらためて紫上に最愛の人としての認識をあらたにする思いであった。すでに尼となってしまった藤壺の形見として、紫の君は今や源氏にとって、現世でのかけがえのない女人へと成長していったのである。この須磨の別れは、二人の久しい人生の道のりの中で初めて訪れた厳しい試練であった。

(1)長い間、源氏は父帝が自分と藤壷との秘密を知らなかったと思っていたが、のちに柏木と女三宮の過失を知ったとき次のように考えている。「故院の上も、かく御心にはしろしめしてや、知らずがほをつくらせ給ひけん。思へばその世のことこそは、いと恐ろしく、あるまじき過ちなりけり」〈若菜下・三九六〉すなわち、「亡き父上も、今の私のように御心の中ではご存知でありながら、知らぬお顔をなさっていらっしゃったのであろうか。今振り返ってみるとあの当時のことはとても恐ろしいことで、決してあってはならない過ちであったよ」と痛恨の極みであった。

(2)源高明、菅原道真、在原行平などは、それぞれ高貴な立派な立場にありながら、周囲の政治的策謀などにより無実の罪を着せられ、地方に配流された。

配所の月

須磨、そして浦伝いの明石《あかし》と、源氏には人生の節目、苦難の時代が約二、三年続くが、しばし都の華やぎの渦中を離れて、無位無官にして清涼なる自然の地に身を置くことは、諸々の意味で決して無意味ではなかった。平生とは異なる環境の中で、ある程度の歳月を過ごすことは、貴重な人生経験になることも稀ではない。

春の終わり近く須磨に着き、はじめて迎えた秋のころ、わびしい季節の訪れとともに感慨も一入《ひとしお》のころ、源氏物語の中でも名調子といわれる次のような一節がある。

須磨にはいとど心づくしの秋風に、海はすこしとほけれど、行平《ゆきひら》の中納言の「関ふき越ゆる」と言ひけむ浦波、夜々はげに、いと近う聞えて、またなくあはれなるものは、かかる所の秋なりけり。御まへに、いと人ずくなにて、うちやすみわたれるに、ひとり目をさまして、枕をそばだてて、四方《よも》の嵐を聞き給ふに、波ただここもとに立ちくる心地して、涙おつともおぼえぬに、枕うくばかりになりにけり。

〈須磨・三八〉

配所のわびしさ・須磨の浜

初秋の冷やかな風と波の音を背景に、一幅の墨絵のような画材が揃えられている。紫式部は琵琶湖の湖畔の石山寺に籠もり、寺から望む水面に写った月影を見て、須磨の巻を思いついたという伝説があるが、この辺境の景勝地での日常は源氏の人間造型に、また物語の展開、進展に多大な貢献をなすことになる。須磨、そしてまもなく移り住んだ隣接の明石の浦で、後年の光源氏栄華の礎ともなる人々に出会うのである。それは明石入道の一族である。

明石入道と呼ばれる人は、本来の氏素性は高貴であったが、国司として明石（播磨《はりま》の国、今の兵庫県）に赴任した後、任期を終えても都には帰らず、土着して富裕な財を成していた。妻と娘が一人あったが、自身は出家入道しながら何とかして失われた家名を挽回したいと念願していた。それは最愛の娘に託された一筋の夢でもあった。

裕福な前国司の一人娘で、才女の誉れ高い彼女には多くの縁談があったが、入道はみな断ってしまった。その理由は皆、身分が同等の男たちであったからである。老境に近づいた今、夢の具現者は娘しかなく、ひたすら高貴な男性との結婚を望み、子孫たちによって高貴な血筋をとり戻そうと願っていたのである。まさに悲願であるが、このひなびた地にあっては理想通りの縁談などあるはずもない。諸々苦慮を重ねていた折も折、源氏の須磨下向となったのである。

源氏は明石入道に懇願されても、都に残してきた愛する人、紫上への思いが募り気が進まなかったが、遂にその熱意に負けて不本意ながら娘のもとに通うようになる。彼女も身分の低さを恥じるとともに、都人の一時的な慰み者になるようなことに消極的であったが、父の悲願を拒否することもできなかった。この娘が後に明石君《あかしのきみ》と呼ばれる人で、終生源氏とかかわることになるが、身分を除くと品格、教養、才智等すべてに秀で、都の貴婦人たちにも決してひけをとることはなかった。静かでひかえめながら、すべてに整った誇り高い人物造型の背後には、紫式部自身の投影があるとも言われている。

案の定、源氏の足は遠く、女は男の愛の薄さを嘆き、身の拙さに無念を禁じえない。が、いつしか懐妊し、源氏との宿命の糸に結びつけられてゆく。彼の愛も次第に確かなものになっていったが、しかし別れの時も迫っていた。源氏は許されて配所を去ることになるのである。

兄の朱雀帝は病がちで、若くして退位を決意し、春宮が次の帝の位につくことになり、その後見として源氏が都に呼び戻されたのである。別れに臨み、彼は明石の娘への思いを深くするが、父入道にすべてを託し、どこまでも誠意を尽くすことを約束してこの地を後にする。後日、明石の浦で女児が誕生するが、これが後に源氏の栄華を支えることになる明石姫君である。

帰洛　二人の母

人生の危機ともいえる須磨、明石時代を切りぬけて都に戻った源氏は、以後、着実に栄光への道を歩んでゆく。その彼にとって常に心よりの励まし、支え、慰めとなったのが紫上であったが、久しい別離の日々は二人の愛の絆をより深め、より確かなものに結び込めていった。久々の再会の場面は次のように描かれている。ようやく二条院に着き、供人たちもそれぞれの家族や知人にめぐり会い、よろこびと感激の涙で大騒ぎをしているころ、

女君も、かひなき物におぼし捨てつる命、うれしう思さるらむかし。いとうつくしげに、ねび

ととのほりて、御物おもひの程に、所せかりし御髪の、少しへがれたるしも、いみじうめでたきを、「いまは、かくて見るべきぞかし」と、御心おちゐるにつけては、又、かの、あかず別れし人の、おもへりしさま、こころ苦しう思しやらる。〈明石・九四〉

苦しい別離の歳月を越えて、紫上は名実ともに源氏の妻として見事な成長を遂げていた。「ねびととのほりて」とは、年齢とともにそれに見合った充実した美しさ、落ち着いた風趣が加わることで、肉体的、物理的な成長とともに、人間としての内面的、精神的成長が問われるものである。夫を配所に送り、その留守を守って寂寥の日々を力強く堪えて生きた証しが、「ねびととのほりて」の語に集約されていると言ってもよい。次いで、久しい時を経て目にする紫上のすぐれた容貌を語るなかに、髪の様子が印象的に描かれている。

当時、女性にとって髪は美の第一条件といってもよかった。黒く、長く、ふさふさとして量が多く、つやがあることが要件であるが、ここでは量が少し少なくなり、さらりとした感触である。心労のせいであるが、その少し減少した髪の様子が、豊満な充実しきったそれとは別の、清やかな気品ある風情を醸《かも》し出している。この歳月、紫上の内面深く住みついていた苦患の歩みを見るようで、源氏の心眼はそのろうたけた大人の女の風姿をしかと捉えているのである。

こうして寂寥の別れの試練は、紫上に源氏の妻として大輪の花を咲かせる糧となったが、一方で、待ちわびたはずの夫の帰京後の安逸も、彼女に真の意味での平安と幸いをもたらすことにはならなかった。それは明石君の存在である。いや明石君一人ではなく、その姫君の誕生が今の紫上にとっては致命傷ともなりかねなかったからである。夫が漂泊の旅にあったころ、都でその安否に心肝を尽くしていた妻に対して、かの地での新しい女人とのかかわりは許し難い背信行為である。さらに姫君の出現はいまだ子供に恵まれない紫上にとって堪えがたいものであった。

明石の浦で誕生した娘を源氏は丁重に待遇し、母子ともに都に呼び寄せられていた。将来この子が彼の政治生命を支えること（帝の夫人となり御子を産むこと）を予測してのことでもあったが、エスカレートしていった紫上の危惧、嫉妬、不安の一念は意外な成り行きでひとまず回避されることになる。それは未来の后候補ともいえる姫君が、身分の低い生母のもとで育てられることは後々の不名誉、傷となりかねないため、二条院の女主人紫上の手に委ねられることになったからである。幼い一人娘との別れは明石君にとって忍びがたかったが、わが子の将来を思いあえて涙を呑んだのであり、源氏も苦慮した末に生木を裂くように母子を引き離したのである。夫との縁も姫君あってのことと、娘を手放した明石君は自らの今後のわびしい運命に思いを馳せていたが、一方の紫上の胸内も複雑であった。今でいえば、夫の愛人の子を引き取るのであるからそれなりの覚悟が必要であったが、源氏を愛し、その将来の安寧をはかるために意に従ったのである。

しかし紫上は決して女の打算で姫君を受け入れたのではない。もともと子供好きでもあったが、心から養女を愛し、慈愛の手で守り育て、養母として、いや母として愛と献身を惜しまなかった。いつしか生母明石君への嫉妬の念も、少しずつうすらぎ、幼い娘を手放した人への思いやりに変わってゆき、姫君は二人の母の無限の苦しみと犠牲、そして余りある愛を全身に受けて、成長していったのである。

六条院への道

都への帰還により源氏は紫上をはじめ多くの人々との再会のよろこびを与えられたが、それとともに大切な人々との別れ――死別――も待っていた。それは幾久しく篤《あつ》い思慕の念を捧げ尽くした藤壺、そして源氏とその子夕霧を物心ともに支えてくれた左大臣、またむなしい愛の焰《ほのお》の中に女の情念、執心をこめて伊勢に去った六条御息所である。

藤壺は出家後、わが子春宮（皇太子）への母の愛に生き、源氏とも、春宮後見という共通の悲願のもとに心を許し合ってきた。彼の帰京後、その願いは実を結び、罪の子は冷泉帝として即位し、母として無上のよろこびをかみしめるが、一方で故桐壺院への背信の苦しみと、源氏への女の思いを胸に秘めながら三十七歳の生涯を閉じるのである。出家により現世では彼の手の届かぬ人になってしまったが、春宮の安泰を願ってともに支え合ってきたかけがえのない存在であった。幼い日より自らの全人生を支配してきたともいえる女人との別れにのぞみ、源氏の胸中は筆舌に尽くしがたいものがあった。が、幼帝の後見という大任を一人で背負うことになった今、たやすく出家もかなわず、藤壺の遺志を継ぐためにもいまだ俗の道を歩むしかすべがなかった。

藤壺の没後まもなく、生前彼女に親しく仕え、すべてを知って贖罪の祈禱を託されていた老僧が、帝の両親に対する不孝を危惧して冷泉帝に真相を告げる。仏教では実際の父母に孝養を怠ることを罪と見なしたからである。無論新帝は動揺を隠せなかった。臣下として自らに仕える実父源氏、死の床まで罪と苦悩を秘め続けてきた亡き母の胸中に思いを致すとき、まさに言葉もない一念であった。しかし父母の名誉を守るためにも帝は事実を胸内に納め、また源氏自身も新帝の態度の変化から事の成り行きを察することがあったが、互いの誇りを傷つけないためにも不問に付するしかなかった。

一方、六条御息所は帝の御代替わりで娘の斉宮の任が解かれ都に戻っていたが、体調が思わしくなく出家してしまった。源氏は御息所のプライドを傷つけ、女の愛憎の業苦の渕に陥れてしまった自責の念に苦しみながら丁重に見舞ったが、まもなく他界する。遺言として、娘の後見を源氏に託したが、決して母と同じ苦しみを味わわせてはならないと釘をさしている。そのころ美しく娘ざかりに成長の兆しを見せる前斉宮に源氏は内心執着を禁じえないが、亡母の遺志を守り、養女として慈しみ、まもなく冷泉帝の女御として入内させる。これが後に中宮（皇后）となって秋好《あきこのむ》中宮と呼ばれる人である。

生前、御息所の恨みを買い、不実を重ねることも多かったことに苦い後悔の念もあって、源氏は前斉宮には誠意を尽くし、その幸せを願い後見に余念がなかった。が、これほどの娘の至福をもってしても女としての御息所の無念、怨念が消えやらなかったことは、はるか後になって彼に知らされることになる。（後述）

こうして源氏の青春の碑ともいえる女人たちを次々と見送り、また一方で明石の姫君も紫上に託され安寧の道を歩みはじめ、紆余《うよ》曲折はあったが、彼の身辺もひとまず一段落する。これから充実した人生の中盤期を迎えるのであるが、その安逸の時期を象徴するように、生活の舞台が二条院から六条院という華麗かつ広大な邸へと移されてゆく。亡き母桐壺更衣の旧邸を修復した二条院を自邸として久しいが、今、前斉宮の後見、養父としての立場もあり、六条御息所の旧邸を基点として、その周辺に壮大な敷地を求め、一般の貴族の邸が四つほど納められる大規模な邸宅を造営する。これが六条院であり、源氏物語後半の主な舞台になる所である。春、夏、秋、冬の四つの町から成り、それぞれに独立した殿舎と庭園が造られ、四つの町に四人の女性が配されている。春の町には源氏と紫上が住み、夏の町には花散里《はなちるさと》と呼ばれる人、秋の町には六条院旧邸の主人であった六条御息所の娘、前斉宮が、冬の町には娘を手放した明石君が住まうことになる。花散里は源氏の女君のなかでも身分は高いがごくひかえめな温厚な人となりで、源氏の信頼も厚く、長男夕霧の養母として後見を任されていた人である。

この四季の自然に彩られた御殿を中心に、美麗な絵巻が華やかにくり広げられ、源氏中年期のひとときの平安の時代が訪れるが、その新しい舞台にはまたそれにふさわしい若やかなヒロインが登場してくることになる。

幼な恋　夕霧と雲井雁《くもいのかり》

生後まもなく母葵上を失い、左大臣家で祖父母の手で育てられていた夕霧もいつしか元服し、厳しい学問修得の道を歩みはじめて将来に備えていた。誠実、温順な人柄で、いずれ父源氏の後継として世に立つ未来が嘱《しょく》望されていたが、思春期を迎えて悲恋を体験することになる。相手は同じく左大臣家で養育されていた従姉妹にあたる少女である。

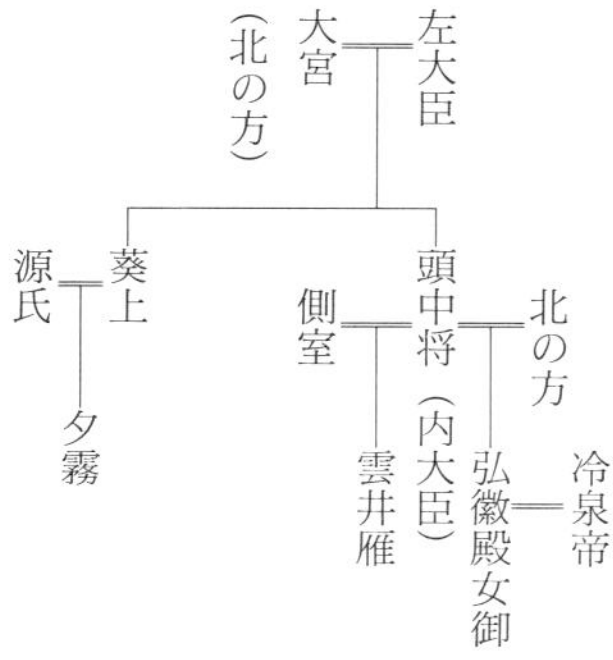

それは左大臣の長男でかつて頭中将と呼ばれ、源氏のよき友人、ライバルであった人（現、内大臣）の側室の娘で雲井雁と呼ばれ、当時十四歳ぐらいであった。二人は幼いころから祖父母の慈愛のもとに育ち、いつしかお互いを意識するようになっていたが、女方の父内大臣は絶対反対であった。夕霧が婿として不満であったというより、雲井雁を皇太子の夫人として入内させ、政権の獲得を狙っていたからである。また一方で源氏に対する対抗意識も働いていたのである。それは雲井雁の姉で内

大臣の本妻の娘である弘徽殿女御が冷泉帝に入内して久しいが、御子にも恵まれず、源氏の後見で後から入内した前斉宮（秋好中宮）が、同じく子供はなかったが中宮の位についてしまったからである。すべての望みが絶たれた今、内大臣としては次の代の後宮（帝の夫人たちの御殿）対策にうち勝つために是非とも次女の力が必要であったのである。

ごく自然の成り行きで純粋な愛の芽生えとなった初恋を、大人たちの政略抗争によって無残にうち砕かれ、二人は住む邸も別々に引き離され、雲井雁は祖母のもとから父内大臣家に移されてゆく。それを見送る少年の無念と哀感は極まりないが、父源氏は積極的に介入することもできずにいる。別れの日、事情をよく知る夕霧の乳母が何とか二人を対面させてくれるが、その場面を見ると次のようである。

かたみに、もの恥づかしく、胸つぶれて、物も言はで泣き給ふ。

「おとどの御心の、いとつらければ、『さばれ、思ひやみなん』と思へど、恋しうおはせんこそ、わりなかるべけれ。などて、少しひまありぬべかりつる日ごろ、よそにへだてつらん」

との給ふさまも、若う、あはれげなれば、

「まろも、さこそはあらめ」

との給ふ。

「恋しとはおぼしなんや」

との給へば、すこしうなづき給ふさまも、をさなげなり。

〈少女・三〇四〉

あなたのお父上は大変薄情なので、いっそのことあなたを忘れてしまおうと思うのですが、私にはどうしてもできません。私がいなくなったら恋しいと思い出してくださいますか。少年の一途な告白に少女は幼げにうなづくばかりであった。ちなみに夕霧は雲井雁より、二歳年下である。藤壺と源氏ほどの切迫感はないが、いかにも初々しい幼な恋の一幅である。

二人は以後、かなり長い間、稔《みの》りの期待できない苦しい諸恋《もろこひ》（互いに恋しく思い合うこと）の日々を送るが、藤裏葉の巻で内大臣が自ら我を折り、ようやくめでたき結末を迎えることになる。久々の再会のよろこびのなかに互いに深い感慨を禁じえないが、皮肉なことにこの源氏二世の至福の成り行きが、後年、若菜巻以降に展開される光源氏苦悩の物語の温床ともなってゆくのである。

玉鬘《たまかづら》の登場

―夕顔の露のゆかり―

六条院の四季の絵巻はこの世の浄土を思わせるようであったが、源氏はすでに中年の安定期に入り、美しい姫君と若やかな恋物語を展開する趣ではなかった。紫上も明石君もそれぞれ充実した風姿を写され、花散里は誠実一筋に家政を司って夕霧の後見に当たり、秋好中宮も六条院秋の町を里邸に安泰の日々を迎えていた。美しい女人たちが集い住む六条院は文字通り華やぎの館となったが、どこか、若々しい清新な生彩に欠ける不満も否めない。その間隙を縫うように登場してくるのが、六条院の今姫君《いまひめぎみ》と呼ばれる玉鬘である。

源氏の青春のはかない恋物語の一つに夕顔との一件があったが、夕顔がむなしく世を去った後も、彼は幾久しくその思いを消し去ることができなかった。夕顔のような人、はかなげで、やさしく、心安らかな人、そんな女君を憧れ求めて求められず、不如意の念を覚えることもあったが、もうひとつ気がかりなことがあった。それは彼女の忘れ形見の娘のことである。

夕顔は源氏と出会う以前、頭中将（現、内大臣）の愛人であったが、彼との間に姫君があった。当時乳母に預けられていたが、夕顔の急逝とともに消息が途絶えてしまっていたのである。夕顔に最後までつき添っていた侍女の右近は女主人の没後、源氏の邸に仕えていたが、幼くして別れた姫君の安否を案じ、再会を願って初瀬の観音に願をかけていた。そしてあるとき、御寺に参籠《さんろう》（寺に何日か泊まって修行し祈ること）した折、奇しくもその姫君とめぐり会ったのである。

遠い昔、乳母の夫が筑紫《つくし》（今の福岡県）の国司として任国に赴任したが、その際、乳母に連れられて幼い姫君も同行したのである。かの地に二十年近くあったが、乳母たちは美しく成長した主人の娘の将来を案じて一家で上洛したものの、慣れぬ都で途方にくれるばかりであった。折しも玉鬘を伴い初瀬に開運祈願に来ていたのである。早速右近は源氏に事情を告げると、薄幸の姫君は急遽六条院に引き取られることになり、まさにシンデレラ物語が開始されることになる。

再び二人の母
―光源氏栄華を支えたもの―

玉鬘をめぐる美麗な平安絵巻の巻々が重ねられ、光源氏の栄華は頂点に達する。今姫君には源氏一家との結縁を望むこともあって貴公子たちの求婚が殺到し、雅《みやび》な恋物語が展開する。やがて玉鬘が右大将の夫人となり六条院を去ると、物語の流れは本流に戻され、源氏の実の娘、明石姫君の春宮入内（皇太子への輿入れ）という慶事が語られる。これで男御子が誕生すれば源氏の政治生命は不動のものとなり、あの道長が手にした栄光の世が虚構世界に再現されることになる。

幼い日に生母の明石君から紫上に託された姫君は、養母の献身的な慈愛に育まれて健やかに成長し、未来の后候補として恥ずかしくない名声を得ていた。明石姫君の見事な成長ぶりは紫上の無償の愛、そして背後にある明石君の孤独な祈りと忍耐という、二人の母のまさに捨て身の努力のたまものであった。生木を裂かれる思いで一人娘を手放した明石君は、六条院の落成とともに北の町に移り住むが、「冬の御方」と呼ばれるその名の通り、人知れずひそやかに娘の成長を願い、まさに冬の時代を過ごしていった。が、一方の紫上も内心明石君への嫉妬の情に堪えながら、姫君の養母として最善の努力を怠らなかった。そして心より娘を愛し、娘の方も育ての母を無二の母として恋い慕っていたが、入内を機に新しい人間関係が拓かれることになる。

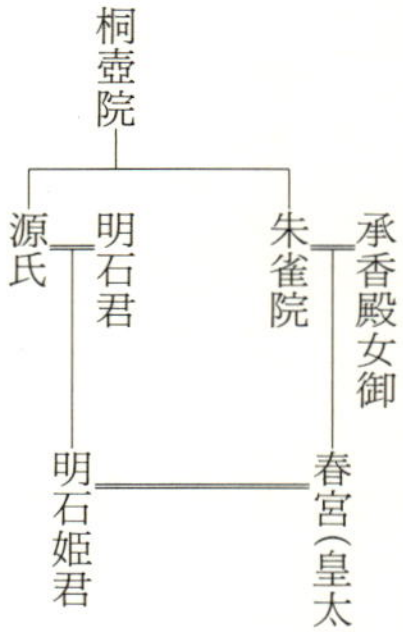

姫君が宮中に輿入れする場合、母や乳母が侍女たちとともに常時付き添い、日常生活の世話をすることが通例であったが、紫上は後見役に明石君を定め、自らは身を引く決意をする。源氏は紫上の配慮に感謝し、明石君は晴れて娘と対面することが叶い、感激も一入であった。数え年三歳ほどで別れて以来、初めての再会であったが、美しく見事に成長したわが子の姿に涙し、紫上への感謝の念をあらたにするのである。

姫君の門出《かどで》に胸を熱くするのは紫上も同様であったが、彼女の涙は明石君のよろこびの涙とはまた別のものであった。久しい間、慈しみ育ててきた娘を生母のもとに返すのは、養母にとって悲痛の極みであり、華麗な装束に身を包んで宮中に向かう姫君を前に感慨を深くするばかりであった。

　限りもなく、かしづきすゑたてまつり給ひて、うへは、「まことにうつくし」と、あはれに思ひ聞え給ふにつけても、人にゆづるまじう、「まことにかかることもあらましかば」とおぼす。

〈藤裏葉・一九八〉

精魂こめて愛育した姫君の正装した姿を目のあたりに、本当にかわいいと改めて情愛をそそられる。「この子を人にゆずりたくない」「もし、これが自分の実の子であったならば……」紫上は胸の激しい疼きを抑えることができなかった。

が、生母の手に託されても、以後、姫君も明石君も紫上への感謝を忘れなかった。養母を第一の母として立て、生母は隠れ身の母として娘の介添《かいぞ》え（世話役、助力者）に専念するのである。明石君の謙虚な、そして聡明な人となりは宮中の人々を驚かせ、姫君は明石女御として安定した船出をはじめたのである。

二人の母の、愛憎を克服した無償の慈愛に支えられ、女御は順調に宮廷生活を続け、まもなく男御子を出産する。後年さらに多くの子息、子女に恵まれ、中宮として后の位につき、名実ともに源氏栄華の象徴として後宮に君臨することになる。ここに明石入道の積年の悲願は達成されるが、この幸いを導くために課せられた入道一族の辛酸と苦汁は並大抵のことではなかった。そして、二人の母の長きにわたる心労と苦悩という大きな代償を伴って源氏栄華の世界は確立したのである。

しかし、この栄光はどこまで続くのであろうか。はたして、不動のものなのか。

（三）　暗転・愛と罪と死

物語の暗転
―若菜巻・女三宮の登場―

夕霧、明石姫君の人生もそれぞれめでたく定まり、藤裏葉の巻をもって光源氏の栄光の物語も一応の節目を迎えることになる。秘密の子である冷泉帝も大過なく帝位を守り、このまま事態が推移すれば、源氏の人生も理想的かつ円満な終焉を迎えられるはずであった。

しかし、真の意味での源氏物語はこれから始められると言っても過言ではない。この時、源氏は約四十歳、現代でいうと還暦ごろに相当するが、ほぼすべてにわたり順風満帆の航海が進められた折しも、その後年のコースは新たな転換を迫られることになる。それは彼の人生の暗転といってもよかった。が、それはあくまで精神世界の問題であって、表面的には六条院絵巻はいささかも色あせることなく、いや、より以上の輝きを増して描き続けられてゆくのである。表層の華やぎ、彩色のゆたかさと対照的に、内面深く沈潜する、底知れぬ苦悩に彩られた深層世界の開始と展開、それが若菜の巻の実相である。

六条院の美麗な絵模様はこれまで紫上と源氏を中心に綴られてきたが、ここに新たなるヒロインが登場する。かつて、六条院に新風を吹き込んだ玉鬘はこの館を美々しく演出し、新鮮な活力を与えたが、あくまで源氏と紫上の連携を基調としたものであった。しかし、今度は全く異なり、二人の信頼関係を完全に崩壊させる趣であった。その重荷を負って登場するのが朱雀院の姫宮、女三宮である。

朱雀院には何人かの子女たちがあったが、一宮（長男）は冷泉帝の皇太子（春宮）となり、次期の帝として将来を嘱望され、その夫人として明石女御が入内していた。娘たちの中ではことに三女の女三宮を溺愛していたが、その理由には彼女の生母が早く世を去ったこと、また、母の実家の後ろ盾も望めず、女三宮が孤独な境遇に置かれていたことなどがあるが、ことに朱雀院がその母を熱愛していたことも大きな要因であった。

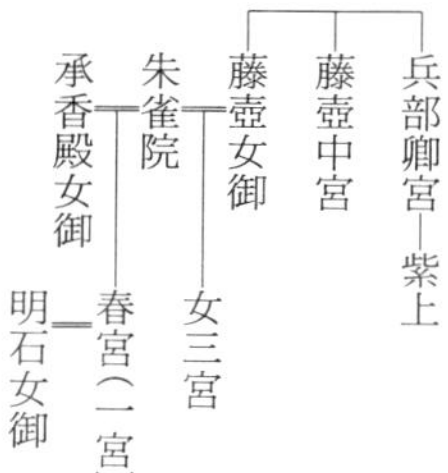

女三宮の母は藤壺女御と呼ばれ、出自《しゅつじ》（生家の身分や格式）も高く、后候補といわれていたが、他の女御に先を越される形で、無念のうちに早世してしまった。朱雀院は藤壺をこよなく愛していたため、その死を惜しみ、遺児の女三宮を過保護なほどに愛育してきたが、年老いて病がちで出家を志す今、この娘の将来が危ぶまれた。そこで思案の末、有力貴族に輿入れさせて、その庇護を頼むことになり、相手として光源氏に白羽の矢が立てられたのである。

そのころ、皇女（帝の娘）たちは終生独身で過ごすのが一般であった。が、母方の実家に経済力がない場合などは、結婚の道を選び、夫の援助、庇護の下に安定した生涯を送るケースも稀にはみられた。皇女として誇り高さを守るためにはあまり好ましくないが、父院は自らの出家後、また没後の娘の平安を念願してあえて次善の策を選択したのである。彼が娘のプライドを捨ててあえて現実路線を選んだこと自体は決して誤りではないが、しかしその相手を源氏に定めたことは大きな失敗であった。さらにそれは朱雀院の意を受け入れた源氏自身についても全く同様で、彼の人生最大の錯誤であったと言ってもよい。

源氏には最愛の人、紫上をはじめ、複数の夫人たちがいたが、女三宮はまだ幼く（十三歳ぐらい）、年齢的にも極めて不釣り合いであった。では、なぜこのような結婚が進められたのであろうか。それにはいくつかの理由が窺えるが、ひとつには当時、若い高貴な女性がかなり年齢差のある富裕な貴族の妻となり、身の安泰をはかるという事例はそう稀ではなかった。また、葵上の没後、源氏の正妻の座が空白であったということもあろう。実際には紫上がその後任のように扱われてきたが、前述のように彼女は源氏と正式な、すなわち社会的通念、慣例に従った形で結ばれたわけではない。よって名目上は空席になっている正妻の座に、源氏にふさわしい身分の女性が迎えられることはあり得ることであった。また、年齢的に最も見合うはずの夕霧が念願の幼な恋を実らせ、少し前に雲井雁と結ばれていたこともひとつの要因といえよう。

が、心より信頼し合い、苦楽を共にしてきた紫上の悲しみ、苦悩は想像を絶するものであり、彼女にそれほどの痛みを強いてまで、なぜ女三宮を迎え入れる必要があったのか。それは皇女という高貴な血筋への憧れも多分にあろうが、それ以上に源氏の心を動かしたのは女三宮が紫上と同じく藤壺ゆかりの人であったからである。女三宮の母、藤壺女御は源氏が永遠の思慕を捧げ尽くした人、藤壺の宮の妹であったのである。すなわち、女三宮も藤壺の姪に当たり、源氏は幼い姫宮の中に再びあの慕わしい方のゆかり、面影をかすかながら探りはじめていたのである。遠い昔、若紫の君に対した時のあの感動を再度求めようと希求する所以であるが、しかし、彼の願望は、いや、野望ともいえるこの願いは完全に裏切られ、その晩年に底知れぬ苦患に満ちた現実を招来するのであった。

六条院の変容
―紫上の苦悩―

女三宮の六条院への降嫁で、最も打撃を受けたのは無論、紫上である。光源氏の栄華の象徴ともいえる春の御殿の寝殿《しんでん》（母屋《おもや》）を追われ、対《たい》の屋《や》（離れ）に退くという屈辱感も一入であったが、彼女にとって最も痛手であったのは、これまで久しい歳月をかけて築いてきた源氏との信頼関係に、明らかなゆらぎを覚えたことであった。妻としての立場の逆転にみじめさを実感する以上に、夫の愛に不信の念を抱かざるをえなくなったことは、紫上にとって致命的であった。

が、彼女はそうした内面の苦痛や葛藤を決して表面に見せることはなかった。つつましく寛容にすべての試練を受け入れ、源氏、そして女三宮への奉仕、献身を惜しまなかったのである。婚儀の諸事にも積極的に協力し、ひたすら自らを抑えることに徹し、品位と謙虚さを失わなかった。あまりの自己犠牲的な身の処し方に、周囲の女房たちが歯がゆく思うほどであったが、そうした紫上の姿に源氏は背信の自責の念を禁じえなかった。そして、今さらながらその女人として、人間としての本質、存在感に認識を新たにせざるをえなかったのである。

が、一方で紫上の信頼を回復するのは不可能にも近かった。これまで藤壺のゆかり、形代として出発し、その延長線上にあって源氏に愛されてきた紫上が、藤壺を越えた真の理想の女性として彼の心眼深く映し出されたとき、無残にもその絆は決定的に損なわれてしまっていたのである。

紫上をいかに愛していても、彼女を六条院の主座から引きずりおろしてしまった以上、次にその座にある人、女三宮にも礼を欠くことは許されなかった。父の朱雀院や兄の春宮（皇太子）をはじめ、多くの女三宮後援者たちの注目するなか、源氏は世評を憚《はばか》り、新たに正妻の席に据えたこの幼妻を最大限丁重に待遇しなければならなかった。

　今宵ばかりは、ことわりと、ゆるし給ひてんな。これより後のとだえあらんこそ、身ながらも、心づきなかるべけれ。また、さりとて、かの院に、聞し召さんことよ。〈若菜上・二四七〉

これは新婚三日目の夜、女三宮のもとに赴く源氏が紫上にかけた言葉である。当時は男性が女性のもとに三日間通い続けて、はじめて結婚が成立することになっていたが、六条院に降嫁した女三宮の部屋に源氏も三日は通わなければならなかった。通い婚が一般の当時であるが、皇女の場合、夫が宮中に通うのではなく、はじめから自邸に迎えるのが普通であった。ゆえに降嫁というのである。源氏と紫上はかつて春の御殿の中央に住んでいたが、その場を女三宮に明け渡して紫上が離れに退くと、源氏もそこを常の住まいとするようになったのである。

新妻のもとに夫を送り出すのは紫上にとって堪えがたいものであったが、それを忍び源氏の衣に香を焚きしめながら、ふと涙する。当時薫《た》き物《もの》の香りは貴族たちの日常生活に必須のもので、とくに外出時などにはよりよい香りを衣服にたき込めたのである。紫上を残して後髪ひかれる思いの源氏は、「今夜だけは許して下さい。三日目ですから世の定めで仕方ありません。でも、これから後、あなたを一人きりにするようなことがあったら、わが身ながら残念なことでしょう。」そう言い訳をするが、紫上はとり合わない。源氏がいかに慰めの言葉をかけようとも、「かの院に、聞こし召さんことよ」（あの父院がどうお聞き及びであろうか）と、女三宮の扱いについては今後も朱雀院らの思惑を無視することができないことを彼自身も存知していたからである。そうした紫上の思いを知ってか知らずか、源氏はただ、

などて、よろずの事ありとも、又、人をばならべて見るべきぞ。あだあだしく、心弱くなりき

にける、わが怠《おこた》りに、かかる事も出でくるぞかし。　〈若菜上・二四七〉

と自らの不覚に思いを致すのみである。なぜ自分は今になって二人の妻を並べるようなことをしてしまったのか、これもみな年甲斐もなく浮気めいた身から出た錆《さび》か、と臍《ほぞ》をかむ思いであった。ところで、源氏がこうした犠牲を払ってまで正妻の座に迎えた女三宮とはいかなる人であったのであろうか。それは全くの期待はずれとしか言いようがなかった。生来、無邪気で愛らしく、美しい少女であったが、才気、才智に全く乏しく、かつて若紫の君を得たときの、あの清冽な手応え、感動、ときめきなどとはまさに無縁であった。朱雀院ほどの人が手塩にかけて育てながら、なぜこれほどに無能、無知なのか、源氏はいぶかしく思う一方で、これなら尊大に身を処して六条院に波乱を起こすこともあるまいと、せめてもの安堵の念を覚えるのであった。

　女三宮の六条院入りは源氏や紫上をはじめ、周囲に多大な波紋を投げかけたが、それは当の彼女一人の責任ではない。いや、女三宮自身もこの上ない被害者であったのかもしれない。自らの意志とは全く無関係に未知の世界に送りこまれ、夫となるべき人にはすでに幾久しい最愛の人がいる、しかも自らの降嫁後、急速にその愛は以前に増して深められ、たしかめられてゆく。夫から決して認められず、温かい視線を受けることもなく、飾りの妻の座に置かれた女宮こそ最大の被害者といえるかもしれない。そして、この空疎な妻の座、愛のかけらもない日々が後の悲劇を招来することになる。三者三様の不如意、不幸、孤独をはらんで六条院はさらなる暗の世界、終盤に向かうのである。

愛と罪　柏木の恋

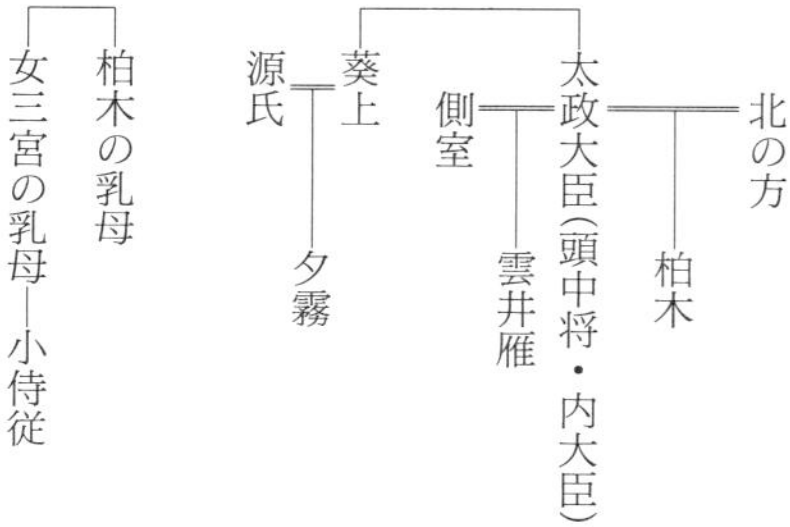

女三宮の六条院降嫁を前に、婿選びの段階では多くの候補者があったが、その中で最も熱心であったのが柏木と呼ばれる人である。彼は太政大臣（かつての頭中将、内大臣）の長男で、雲井雁の異腹の兄であり、葵上の甥にあたる。雲井雁と違って太政大臣の正妻を母とし、出自、学問、教養、容姿、人格いずれにもすぐれ、周囲の信頼も極めて厚い好青年であった。

柏木が女三宮を望んだことにはいくつかの理由があるが、ひとつは当然のことながら高貴な血筋への憧れであった。彼は人一倍プライドが高く、妻には皇女あるいはその系列の人をと願っていたが、またそれとともに乳母を介してのゆかりもあった。すなわち柏木の乳母と女三宮の乳母は姉妹であったため、幼い頃より女三宮の噂を耳にすることが多かったのである。朱雀院がいかにその姫君を愛しているか、そして彼女がいかに愛らしく、美しいか、柏木の耳に届けられる諸々の噂を通して、次第に女三宮は彼の心内で無限の憧れの女性として温められていったのである。情報を届けたのは主に女三宮の乳母の娘で、伯母（柏木の乳母）を訪ねて柏木の邸にも親しく出入りしていた小侍従という女房である。

が、彼の意志に反して女三宮は六条院に降嫁し、全く手の届かぬ世界の人になってしまい、失意の衝撃は並々ではなかった。年齢的にも、また地位、身分からして最有力であったのが夕霧と柏木であったが、前者はすでに身定まり、いまだ独身の柏木にかなり分があったのである。彼ほどの男性であれば、これまでも権門貴族からの縁談はあふれるほどあったが、頑として受け付けなかったのは女三宮への執心が内面深く宿っていたからである。

柏木と夕霧は従兄弟同士で幼少時より親愛の絆で結ばれていたが、柏木は伯父の源氏からも特に目をかけられ、彼も源氏に心服していた。が、この信頼関係を根底から覆す事態が出来《しゅったい》するのである。

女三宮が六条院に入ってからも、柏木は彼女の動静に無関心ではいられなかった。光源氏の正夫人で華麗な御殿の女主人として君臨していても、表面の華やぎとはうらはらな内情の不如意、わびしさ等も自然に彼の耳に届き、その胸中は複雑であった。源氏の紫上への愛は日毎に深まり、女三宮が虚飾の妻の座に置かれていたことは衆目に明らかであったが、その間隙を縫うように柏木の思いは許されぬ愛に激しく傾斜していったのである。

源氏と女三宮の結婚後、何年かしたある晩春の午後、六条院で蹴鞠《けまり》の会に参加した柏木は、夕ぐれ方の春風のいたずらで、はからずも巻き上げられた几帳の際に美しい女人の姿を垣間《かいま》見てしまう。それは廊下に逃げ出した猫に気をとられていた女三宮であった。その絵のような美しさ愛らしさに心奪われた柏木は、これまで積み重ねてきた胸の重みに堪えかねるように、小侍従にせがみ、自らの意中を訴える。まもなく、女三宮の降嫁以来の久しい心労で紫上が発病し、静養のため源氏とともに二条院に移ると、邸内が人少なになったころ、彼は遂に過失を犯してしまう。そして、はかない逢瀬のなかに女三宮は宿命の子を懐妊してしまうのである。

二人の苦しみと恐れは尋常ではなかったが、やがて源氏の知るところとなった。女三宮に宛てた柏木の文を源氏が偶然手にしたからであるが、秘密を知られたことを知った二人の苦患はとどまるところを知らなかった。最愛の紫上を退け、その信頼を根底から傷つけてまで正妻の座に据えた若い妻の背信は、何としても許しがたく、源氏は激しい怒りを隠せなかった。また、長年慈しみ情愛をかけてきた甥の柏木への嫌悪感も抑えがたかった。

が、嫉妬と憤りの炎に身を削るなかに、その脳裏を冷ややかな想念が横切ってゆくのをいかんともしがたかった。それは、自らの若き日に父院を裏切って藤壺との愛を忍び、罪の子（冷泉院）を儲けたことである。他人の恋の闇路、過失をとがめだてする資格がはたして自分にあるのだろうか、源氏は愕然《がくぜん》とし、暗澹《あんたん》たる思いを禁じえなかった。父院もあるいはすべてを知っていて、わが子と妻の罪を世にさらすことを避け、御自身の胸に秘めてしまわれたのではないか。もしそうだとしたら、父の無念と息子への慈悲の一念に思いを致すとき、源氏の怒り、心の高ぶりは急速に冷めていった。そして、自分も今、若い二人の過ちに目をつむり、生まれてくる子をわが子として慈しみ育ててゆけば、過去に犯した罪の万分の一でも償《つぐな》えるかもしれない、そう心に決めるのであった。

しかし、理性と感情とは全く別物であった。冷静、沈着を装いながら、源氏は自らの感情が折にふれ、事あるごとに二人に向かってほとばしり、暴走するのを抑えることができなかった。結果的に未来ある二人を退路なく追いつめてしまうのである。

破滅　死と出家

真相を源氏に知られると、女三宮も柏木も前にも増して無限地獄をさ迷う日々であったが、そんなある日、柏木は源氏から六条院での舞楽の集いに招待された。朱雀院五十の賀（五十歳の祝い）の席にそなえた管弦（音楽）や舞踊の準備会であったが、平生から親しくし、また芸能方面でも達人といわれる柏木を、招待客からはずすわけにもゆかなかった。まず世間体を考えて、また、それとなく彼の様子も見たい気も手伝って、さりげなく招いたのである。一方の柏木も無論、気は進まなかったが、出席を断ることは相手の疑惑をより深めることにもなると思い、体調の不調をおして赴いたのである。

久々の対面であったが、互いに心内を探り合いながら、あたりさわりなく挨拶を終えるが、源氏は柏木の憔悴ぶりに疑念を確信する思いであった。試楽《しがく》（音楽などの予行演習）のあと宴会に移ると、酒席ではからずも柏木にぴたりと視線を合わせた源氏は、痛烈な皮肉を含んだ言葉を浴びせかけるのである。童舞《わらわまい》（少年たちの舞踊）の愛らしさに、同席していた老貴族たちが感じ入り、酒に酔いながら感激の涙をこぼしている様子を話題にして、

すぐる齢《よはひ》にそへて、酔ひ泣きこそ、とどめ難きわざなりけれ。衛門《ゑもん》の督《かみ》、心とどめてほほ笑まるる、いと心恥ずかしや。さりとも、今しばしならむ。さかさまに行かぬ年月よ。老いは、えのがれぬわざなり。　〈若菜下・四一五〉

老人たちの涙もろさは見苦しいが、いたし方ないもの。若い柏木殿には笑止千万らしく笑っておられるが、誠に何ともお恥ずかしいことよ。でも、歳月は決して逆さまには流れないもの。人は誰も老いから逃れることはできないものですよ、と。

すなわち、柏木は自分の若さをよいことに老人たちの無様な様子をあざ笑っているようだが、そういうあなたもいつかは老人になるのですよ、そして若者に笑われるのですよ。そう言いながら、言外には、もうろくして妻を奪われた老人（源氏）を冷笑しているが、いつかあなたもそうなるのですよ、の意を含んでいるようである。源氏がそこまでの皮肉を込めていたか否かはともかく、柏

女三宮の出家

木はそう受けとめ、身が縮まり気も動転する思いであった。その折も折、酒を無理強いされて急に気分が悪くなり、中座して邸に帰るが、そのまま重い病の床に臥してしまうのである。

それ以後、快復の兆しも見えないままに年が明けるが、自慢の息子の急変した事態に両親の嘆きは並大抵のことではなかった。

一方、女三宮は源氏の冷たい視線に怯えながら、苦しい懐妊の身を削るような日々であったが、難産の末に男子を出産した。が、源氏晩年の高貴な正妻の出産という晴れがましい慶事にもかかわらず、周囲のよろこびとは裏腹に源氏の態度は冷たく赤子を抱く気配もない。女房たちからそれを耳にした女三宮は絶望し、体調の悪化を口実に出家を申し出るが、彼は許さなかった。このまま自分が俗世にあればわが子は終生源氏の愛から見放されるであろう。本能的な母性のなせるわざかもしれないが、平生従順な女宮が

柏木の最期を見舞う夕霧

この時ばかりは強力に自我を通し、たまたま見舞いに訪れた父院の慈悲にすがり、若くして出家、落飾《らくしょく》（身につけた装飾を捨て、墨染の衣に装うこと）するのである。

父朱雀院の思いは複雑であった。わが娘の幾久しい女の幸いを求めて源氏に託したものの、幸いからはほど遠い、飾りの妻の座にさし置かれ、その果てに遂に父親自身の手で若いさかりの髪を下ろしてしまった。まさに、無念の思いが万感胸に迫ったはずである。が、それを言葉にして源氏に抗議することもできず、娘の過失についてもおよその想像を馳せながら、生い先長いつぼみの命を尼の世界に招じ入れてしまったのである。

かろうじて本懐を遂げた女三宮はようやく生の道に甦ったが、一方の柏木は秘密のわが子の誕生と、その母の出家という悲喜交々の報を耳にしながらはかない一命を終えていった。死の直前に詠み交わされた柏木と女三宮の歌と文は後年、ここに誕生した「罪の子」の手に委《ゆだ》ねられることになるが、彼が後の宇治十帖の主人公、薫君《かおるきみ》である。

源氏は精神的に二人を追いつめておきながら、柏木の死に心より涙し、女三宮の出家にも悔悟の念を禁じえない。そして、若い二人の苦汁に満ちた思いがわずかでも稔《みの》るようにと、以後、この若君は源氏の愛の手に育まれ成長してゆく。この子の出生を導くゆえにあのいまわしい悲劇は起こるべくして起こった宿命であったのか、無心の幼児を抱きながら源氏は運命の不可思議な罪と愛に思いをめぐらせていた。

紫上の死

源氏物語には人の死を扱う場面が多く見られるが、その中で最も重く作者の精魂を込めるように書かれているのが紫上の場合である。

若菜の巻に入り紫上の運命は予想もしなかった方向に流されていったが、夫への不信、愛の不安、また人間不信ともいうべき苦い試練と引き換えるように、源氏の限りない愛と献身を恣にすることになった。無論、源氏はそれ以前からも紫上を愛しぬいてきたが、それは藤壺ゆかりの人としての視線から全く自由ではなかった。永遠の女性の身代わり、形代《かたしろ》として手元に引き取り、少女時代は当然のこと、その後、期待通りに理想的女性として成長してからも、源氏は彼女の背後に藤壺の面影、ゆかりの糸を手繰り続けていたのである。もちろん紫上自身には全く預かり知らぬ次元のことではあるが、女として、妻として、夫の内面深くに別の女性が棲《す》んでいることは何かむなしいことではなかろうか。

しかし女三宮の降家を契機に紫上は、源氏の心の鏡に藤壺を超えた真の理想の女性として燦然とした輝きをもって再生するのである。女主人の座を追われるように、六条院の中央の御殿から退いてより、心内の懊悩、苦患、そして屈辱に堪え、自虐的ともいえるほど自我を抑えて源氏に寛容と無償の献身を惜しまなかったが、その姿を目のあたりに、彼は改めて紫上の存在感を認めざるを得なかった。この人こそ自らが真に求めた永遠の女性であった、なぜ自分はこれまでそれに気づかず、不覚にもさらなる別の新妻を儲けてしまったのか、まさに臍をかむ思いであった。が、源氏が紫上の中に真の理想の女人像を確認しえたことと、彼女の信頼を根底から損なってしまったことはほぼ時を同じくしてのことであった。いや、彼女の信頼をゆるがすことによってはじめてその本質、実相に目覚めたということであろう。

それでは一度失われた紫上の源氏に寄せる愛と信頼の念は、以後回復されうるのであろうか。源氏がそれに気づき身の不覚を悔い、彼女を慕えば慕うほど相手の心はより離れていってしまうのではなかろうか。

幸か不幸か紫上は柏木と女三宮の件については全くの圏外に置かれていた。薫の誕生をめぐって当事者たちがいかなる苦痛と辛酸をなめていたか知る由もなかったが、それを知らされるまでもなく長年の心労は積もり、病床の人として再起の可能性は見出されなくなっていった。源氏は寝食を忘れて看護に没頭し自らの背信の罪に苦しみ続けたが、紫上は時に小康を保ちながら次第に彼岸の地へと向かっていった。そんなとき、彼女の今の心情をよく示す次のような一節がある。

いとおどろおどろしうはあらねど、年月かさなれば、頼もしげなく、いとど、あえかになりまさり給へるを、院の思ほし嘆くことかぎりなし。しばしにても、おくれ聞え給はむことをば、いみじかるべく思し、身づからの御心ちには、「此の世に飽かぬことなく、うしろめたきほだしだに、まじらぬ御身なれば、あながちにかけとどめまほしき御命」ともおぼされぬを、「年頃の御契りかけ離れ、思ひ嘆かせたてまつらむこと」のみぞ、人知れぬ御心の中にも、物あはれに思されける。〈御法《みのり》・一七三〉

特別どこがどうという激しい病状ではないが、歳月の重なりの中に次第に衰弱が目立ってくる。源氏はただおろおろするばかりであるが、そんな彼を見て紫上は胸を塞がれる思いである。自分には子もなく、いつ世を去っても未練はないが、久しく共に生きてきた源氏が自らの死をどれほど悲しみ嘆くかと思うと、それだけが心残りであるという。すなわち、特に長生きしたいなどという気もないが、残されたあの人の嘆きを思うと少しでも生きなければ、そう自身を励ましているのである。これは源氏に対する愛と許し以外の何物でもないであろう。いや愛といっても単なる男女の愛

紫上の死

を超えた普遍的な愛、人間愛、あたかも母が子を慈しむような至純の思いである。

紫上は積年の怨みや嫉妬、不信の念をいつまでも胸内に内攻させることなく、涼やかに浄化しそれを踏み越えている。いわば彼岸的視点、境地に立って源氏に心温かい慈愛のまなざしを送っているようである。その母のような温もりのある視線を存分に、体内にそして心内深く受けとめ、源氏は彼女との永遠の別れに臨むのである。それは赤子が無心に母の懐を探り安堵する趣でもあろう。

萩の白露が風に乱れ散る秋の夕べ、養母の見舞いのため里下りしていた明石中宮に手を取られ、源氏や明石君に見守られながら紫上ははかない命を終えていった。人の世の愛憎を超えた清安の境地における最期であり、こうした安らぎの気に満ちた終焉は、背信の自責の念に深い思いを致す源氏にとって一縷《いちる》の救いになったことであろう。

紫上の遺《のこ》したもの

紫上を失った源氏に遺されたものは何であったのであろう。彼女の愛した庭の花や木も再び時を得て甦り、六条院の風姿は変わることはなかったが、源氏の胸内には永遠に埋めがたい間隙が生じるのをいかんともしがたかった。他目には、あれほど身を捨てて病床につき添い続けたのであるから、何の悔いがあろうかと思われたが、彼は決して安逸な境地にはなかったのである。

自分はなぜ紫上をあのように苦しめてしまったのか。源氏の不実に対して彼女は決して表立って抗議の姿勢を見せることはなかったが、その内奥深く、いかに堪えがたい煩悶と哀感、苦患にまみれていたことか。生前の紫上はむしろそれをわが生のあかしとも考えていたようであるが。少し前の若菜下巻で、紫上を相手に女の運命の定めがたさについて語っていた源氏は、ふと彼女のこれまでの人生に思いを馳せて、次のように言う。

あなたには私の女性問題でいろいろ御苦労をかけたが、幼い頃から私のもとにあって、ちょうど親もとで長年過ごしたような、気楽な暮らしぶりでしたから、それなりに幸いな人生と思って下さるでしょうね。そう語りかけると、紫上は、

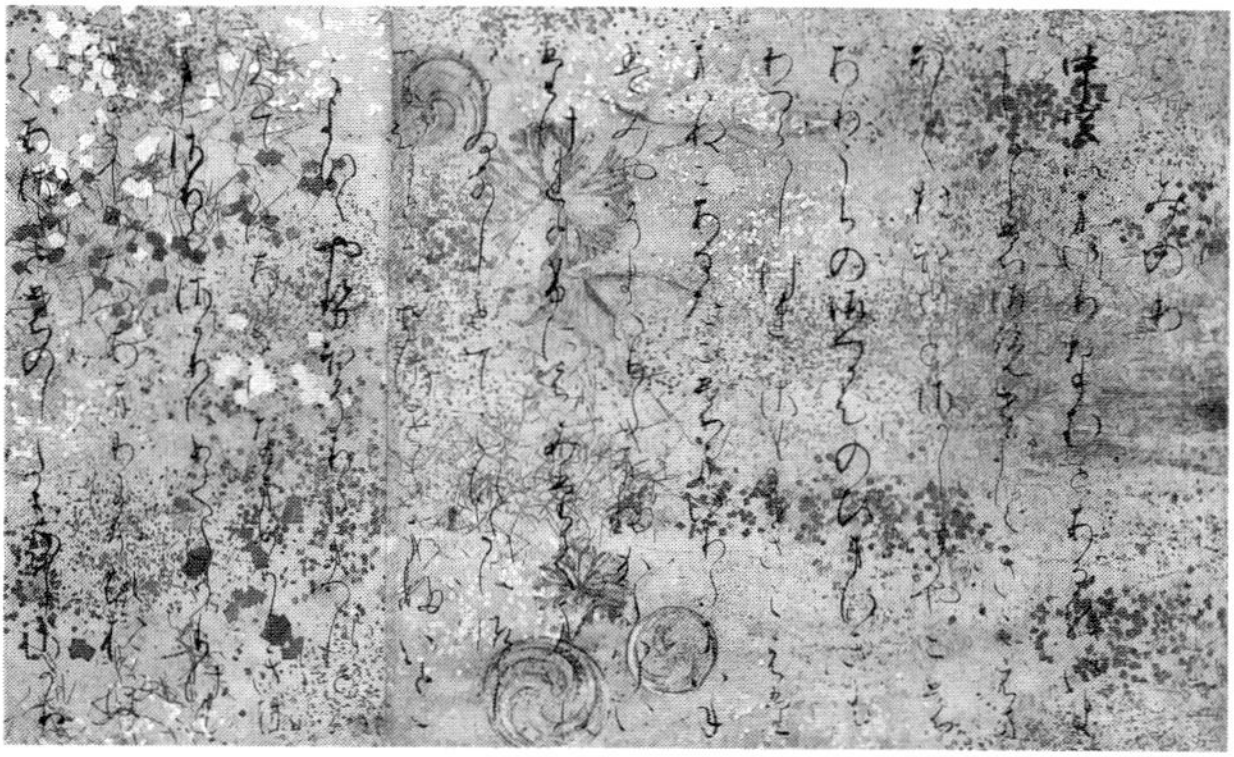

紫上の死を語る御法の巻の本文

「の給ふやうに、物はかなき身には過ぎにたる、よその思《おぼ》えはあらめど、心に堪《た》へぬ物嘆かしさのみうち添ふや、さはみづからのいのりなりける」とて、残り多げなるけはひ、恥づかしげなり。　〈若菜下・三五八〉

とある。投げられた問いに対して彼女はイエスとは答えていない。その言外に込められたひかえめながら凛《りん》とした気配に源氏は返す言葉を失っている。彼の言う「親の窓の内ながら」（親もとでそのままずっと）というような二条院、六条院での生活は、少女時代はともかく、紫上にとっては源氏が思うほど安住の地ではなかったのである。父兵部卿宮を後ろ盾にすることは望めず、母の実家も没落し、帰る家とてない紫上にとって、源氏館は唯一無二の住みかであり、生活を保障してくれるのは源氏の愛と庇護のみであった。それにすがって、いかなる不如意、屈辱を受けようともこの館に留まり堪えるしか道がなかったのである。

他の女君たちのように男を実家に通わせている、あるいは同居していても帰る所のある結婚生活とは全く次元の異なる結ばれ方なのであった。そうした彼女の、いわばその弱みを見透かすようにというわけでもないが、源氏はわが意を通して生きてきたが、背信、不実をくり返してきた夫を、寛容と慈愛によって許し包みこむようにして、紫上はこの地を永遠に後にしたのである。

それから約一年の月日を描く幻の巻には、風雅な自然が四季折々にたたずまいを変えてゆく六条院春の御殿を背景に、傷心の源氏の心象が綴られてゆく。折にふれ女三宮や明石君を訪れて懐旧の念に浸ることもあるが、どこに行っても、誰に会っても違和感、むなしさを禁じえなかった。ああ、あの人はこんな風ではなかった、あの人ならきっとこんな風にしてくれたろうに、私の胸の思いを推しはかり、こう慰め、こう受けとめてくれたであろうに……。それぞれに美しくなつかしい女人たちをめぐり歩いても、決して満たされることのない胸内の空白感を改めて実感するのみであった。とともに、一方ではそのような空虚な、魂の抜け殻のような源氏を迎える夫人たちもあわれとも言わざるをえないであろう。その年の暮れ、最後の仏名《ぶつみょう》（その一年の罪を、仏に許しを請う仏教行事）の席に臨んだ源氏は、若いころより久しく親交のあった老僧に会い、長年の奉仕に労いの盃をさしかける。そして俗世との訣別を心にきめ、出離への思いをたしかにするのであった。

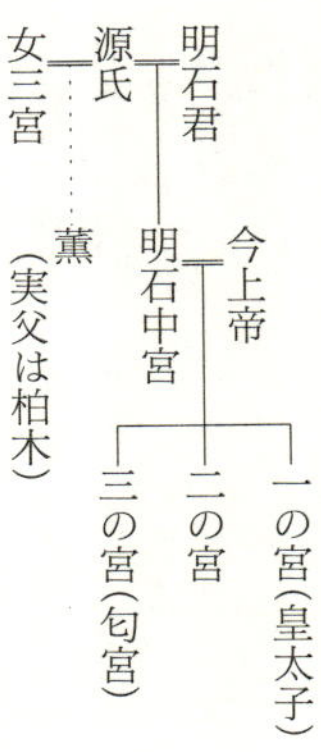

翌春、華やかな陽光のなかに匂宮（明石中宮の三男、源氏の孫）と薫（女三宮と柏木の子）の愛らしい無邪気な成長ぶりをほほえましく見守る源氏の姿があるが、これが物語での彼の最後の登場場面となる。出家を意図しつつ迎えた俗世界での名残の春光に、木々は芽ぶき、花は甦り命の再生の兆しを存分に見せているが、故人は決して戻ることはない。

が、源氏の足元には幼い命が逞しく育まれ、成長してゆく証しがしかと伝えられてくる。節分の鬼払いをして走り回る幼児たちの無心の姿に、自らの人生の終焉と子孫たちの未来への夢を慈しみながら、光源氏の物語はここに幕を閉じることになる。

あの人々の苦しみの中に芽生えた薫の命も、源氏の後継として物語のなかに確実に組み入れられてゆくが、その幼い命の営みが今の源氏に、このうえない安らぎと救いを与えることになったのである。

光源氏に遺されたもの

（四）　宇治の浄光

新しい世界の始まり

御法《みのり》、幻《まぼろし》と光源氏の物語の最終の巻々が終わると、次に現れるのは匂宮《におうのみや》の巻である。この巻の冒頭には

光かくれ給ひにし後……　〈匂宮・二一九〉

とあって、すでに源氏亡き後であることがわかるが、先を読み進めてゆくと、没後約八年ほど経過していることになる。長い長い源氏物語（約七十余年ほど）のなかでこの八年間は全く空白であり、この間にあったであろう源氏の出家や死にまつわる物語など、様々な状況変化については一切省筆されている。ただし、それに飽き足らない一部の読者たちの思惑もあってか、後年にはその間の事情を詳細に綴っている「雲隠《くもがく》れ六帖」などという巻々も残されているが、それは紫式部とは無関係の、後人の補筆、加筆に過ぎないことは言うまでもない。ただし、幻の巻の次に雲隠《くもがくれ》の巻という一帖があったことは全くの空想とはいえないかもしれない。月が雲に隠れるという題名は明らかに源氏の死を暗示しているが、巻名のみで現在本文は伝えられていない。後人の作とする説、紫

式部の作とする説、また巻名のみを作者が命名し、本文は初めからなかったとする等々、諸説あって定まらない。

それはともかくこうして匂宮、それに続く紅梅《こうばい》、竹河《たけかわ》の三帖にわたって、光源氏没後の様々な人々、諸方の家々の動向の概略を示した後、物語は急遽主要舞台を京都から宇治に移し、全く新たな構想のもとに描き出されてゆく。その主要人物として活躍するのが従前の世界より送り出された薫と匂宮である。

光源氏自身の物語はすでに終了しているのに、なぜ作者はさらなる源氏物語を書き継いでいったのであろう。いや書き続けなければならなかったのか。それはこれから語られる十帖にわたる巻々（宇治十帖と呼ばれている）の物語、その物語の主題、実相が答えてくれるはずである。旧から新への橋渡し的な三帖（匂宮、紅梅、竹河）を含めて、後の十三帖は源氏物語第三部と呼ばれ、光君亡き後の子孫たちの物語である。ちなみに桐壺から藤裏葉までを第一部、女三宮の降嫁を語る若菜上から幻までを第二部という。また桐壺から幻までを正篇、それ以後を続篇という呼び方もある。

中継三帖のあと新しい物語の開始は橋姫《はしひめ》巻（宇治十帖の第一番目）であるが、その冒頭は次のようである。

その頃、世にかずまへられ給はぬふる宮おはしけり。〈橋姫・二九七〉

古宮とは年をとった皇族のことで、ここでは故桐壺院の御子で、源氏の異母弟にあたる八宮と呼ばれる人である。母方の素性も高貴で将来を期待されていたが、諸々の事情で零落し、世間から見放されたようなわびしい境遇にあった。その事情の一つは、源氏が須磨、明石の地に不遇な日々を送っていたころ、当時の皇太子（後の冷泉帝）を廃して別の皇太子を立てようとする右大臣家の人々（弘徽殿女御や右大臣）の策謀により、その候補者として担ぎ出されたことである。が、源氏が復活して左大臣家の世になると、予定通り冷泉帝が即位して八宮は無用の存在になってしまったのである。

それ以後は中央勢力から見捨てられ、また自身も政争に巻き込まれることの愚かさ、むなしさを痛感し、現世から逃避するような生き方に徹していった。俗界から離れ、仏道、学問、文学、芸術等の道に親しみ、悠々自適の境涯であったが、母方の実家も没落し、経済的には恵まれていなかった。地味で質素な生活ぶりであったが、北の方（妻）を愛し、かなり遅れて待望の子供（長女）にも恵まれ、平隠な日常であった。が、ほどなく次女が授かると北の方が出産で亡くなり、その後自邸が火災にあって宇治の別荘に移り住むことになる。宇治はあくまで一時的な仮住まいのつもりであったが、京都の邸を再建する余裕もないままに、山紫水明のこの地で娘二人を育みながら俗聖《ぞくひじり》のように生きてきたのである。

俗聖とは出家はしていないが、世俗の中にあって、高徳の僧侶と同じような思想、理想のもとに、厳しく自己の行動を戒めて生きる人のことで、人格、識見ともにすぐれ、温厚にして寛容な人となりの八宮はまさにその名にふさわしかった。桐壺院の八番目の御子であるので八宮と呼ばれている。二人の姫君たちはそれぞれ健やかに美しく成長していったが、姉の大君《おおいぎみ》（長女のこと）は父八宮と同じく信仰心の厚い、聡明な謙虚で内省的な人柄であった。一方、妹の中君《なかのきみ》（次女のこと）は明るく愛らしい心やさしい姫君であったが、この二人の姉妹の他にもう一人、異腹《いふく》の妹（母の異なる妹）で浮舟と呼ばれる人があり、この三人が宇治十帖のヒロインたちである。（浮舟については後述）

一方男君たちは、柏木と女三宮の悲劇を身に背負う薫と、源氏の孫で今上帝と明石中宮との第三皇子の匂宮である。薫は源氏晩年の正妻の子として大切に育てられたが、幼いころより周囲の状況、ことに若い母の不似合な尼姿などに疑念を抱き、出生の秘密に不安を覚えていた。静かで控えめな仏道への志の厚い、現実逃避的な青年になっていった。かたや匂宮は父母から溺愛され、この世の愁いを知らぬ天真爛漫な華やかな貴公子で、女性への関心も強く、静謐、孤独型の薫とは極めて対照的であ

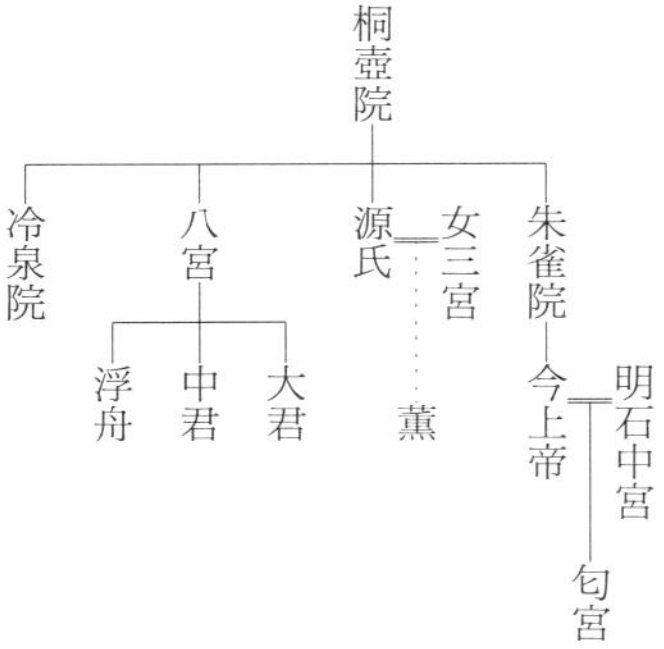

った。光源氏はスケール壮大なるヒーローであったが、匂宮がその光の部分を、華やかで美しく風流風雅をひたすら愛し、女性との交際も多彩である、等々を、そして薫がもう一方の部分を、誠実、実直で安定感のある、地道な方面を、と二人で分けもつように造型されているともいわれている。

これら五人の男君、女君たちはそれぞれ二十歳前後に成長していたが、当時、都の貴族たちの避暑地として山荘が点在していた幽邃《ゆうすい》の地、宇治を舞台の中心として、源氏物語最終の物語が展開してゆくのである。ここに語られる世界がいかなるものなのか、源氏物語第一部のカラーを引き継ぐものか、それとも第二部のそれなのか、無論、後者である。

薫の愛
―八宮の生き方、大君の思い―

この山荘の八宮家の家風、気風は薫の志向、理想によくかなっていた。ふとした縁で、宇治に住むある僧侶の紹介で、八宮と薫は仏道を介して親交を深めていったが、父のない薫は八宮を父のように恋い慕い、宮もこの篤実《とくじつ》な青年に心温かい愛を尽くしていた。

薫が宇治に通いだしたのは、仏の道を通して八宮と親しく語り合い教えを請うためであり、都の現世的煩わしさから離れて清澄な香気を求めてのことであった。少なくとも俗的な思いからは全く自由なはずであったが、しかしその本意に反して、いつしか思わぬ方向に踏み迷ってしまうのである。八宮の姫君、大君への愛の迷路である。仏道への憧れの強い彼にとって、女人への恋情は本来無縁なものであったのだが。

さきにもふれたが、薫は元来、背俗的な傾向にあり、女性との対応も極めて消極的で、匂宮とまさに対照的であった。幼いころより母の若い尼姿を目にして育ったせいか、詳しい理由もわからぬままに、いつしか母の罪について無意識のうちに何かを探り当てていたのであろう。母上にはかつて定めしお辛いことがあったのだろう。その罪を償うために出家されたのであれば、自分には何ができるであろうか。いかに現世を捨てたとはいえ、それで母上の罪が完全に消えることはむずかしい。それなら自分が少しでも早く出家して仏に仕え、その功徳で母の罪のいささかでも償いができれば……そんな思いもあって、薫は次第に俗世から背を向けるように生きていったのである。

それではそれほど決意の固い薫の本意を、急に方向転換させた原因は何なのであろう。それは大君の中に薫の抱く女人の理想像を見たゆえである。最も大きな理由は大君が自らと同じ、現実から離れた次元に向かう涼やかな透徹した視線をもっていたことである。仏の道への関心が非常に強く、父宮の生き方に殉じるように青春の命をこの清涼の地に埋めようとする、ひとえに仏心を求める誠実で聡明な人となりに、わが終生の友、伴侶を探り得た思いがしたのである。

薫ほどの地位、身分、品格の持ち主であれば、これまでにも諸方の貴族たちから縁談が持ち込まれ、また宮廷女房たちの中にも好意を寄せるものも多々あった。が、もともと女人への恋情や結婚などには関心の薄かった薫は、いずれにもさして心を動かされることはなかったのである。が、そうした彼が、自らの意思を翻さざるをえないような理想的女性にめぐり会い、意を決してわが思いを相手に伝えることになる。

ところが、本来の生き方をも変えるような、薫の悲願ともいえるこの愛は、無念にも受け入れられなかったのである。それは皮肉なことに相手が自分と同じ志の持ち主であったからである。大君は決して彼を嫌っていたわけではない。いや、薫ほどの名実ともにうち揃った理想的な貴公子が他にあるはずもなく、人格、教養、思想、思念など、諸々の意味で申し分のない薫を、八宮も、そして大君自身も十分に認め、心内深く敬愛していたのである。が、彼女もまた父宮の教えで仏道に思いを寄せ、現世的男女のかかわりなどには懐疑的であった。薫が大君に愛を告白したのは、八宮がすでに他界し一周忌を迎えた頃であったが、彼女は父の遺志を守り、仏縁を求めてこの地に生きることを己が宿命と定めていた。そして、ただ若い妹の幸いを願ってやまなかったのである。

大君が薫より年長であったことも彼女には軋轢《あつれき》（精神的負担）であった。いかに宮家の姫君とはいえ家運はすでに傾き、年齢も多く、向後の容姿の衰えも不安である。相手が理想的な貴公子であればあるほど、自らの老いと恥じらいが身を苛むばかりである。一夫多妻の時代、仮に薫の意を受け入れたとしても、彼が終生自分一人を愛し続けてくれるという保証はどこにもない。今は互いに相手を敬い愛し合っていても、いつか男の情熱もさめ、女の身がそれを恨み泣く日が来るかもしれない。互いに傷つけ合い憎み合うような状況になったとき、相手が薫ではない並の人であればまだしも、とても堪えられるものではない。

そうした逡巡から大君は薫を拒絶したのであるが、自らが身を引くようにして妹の中君との縁を勧めるのであった。父亡き今、自分を後見してくれる人は誰もいない。それなら若く美しい妹を薫の妻として迎え入れてほしい、そして自身が妹の後見としてその幸いを見届けてやりたい……こうした、ある種の自己犠牲的ともいえる方途を選択するのである。が、これに薫が応ずるはずもなかった。

大君への思いを訴える薫

大君が薫との結婚を拒んだ理由は、一つに自身への諸々のコンプレックスがあったが、それとともに当時の貴族社会体制下における結婚のあり方に深い疑念、絶望感を抱いていたこともあろう。それは一夫一婦制が建前の現在でも基本的には変わらないことかもしれないが、男女の愛のはかなさ、むなしさ、定めがたさを十分に存知していたゆえの、聡明で怜悧な判断が先行した所以であろう。

しかし、こうした大君の真意は薫には全く伝わらなかった。それより彼は大君が自分の申し出を拒むのは妹の幸福のみを願ってのことと速断し、その結果、中君の結婚相手として匂宮を充て、半ば強引に二人を結ばせてしまうのである。この成り行きに大君は動揺を隠せず、薫への信頼も全く薄れ、さらに心が離れ去ってゆくことになる。匂宮は父帝、母后の愛する当代一の貴公子であったが、女性遍歴も多かった。宇治と都という遠距離でもあり、両親や周囲の監視も厳しく、通いもままならなかった。

新妻の中君の悲しみは言うまでもない。自分はこのまま匂宮に捨てられるかもしれない、一時の慰み者にされたのかもしれない。妹の嘆きを目のあたりにした大君も男女の愛の頼みがたさを痛感し、せめて自分だけはそうした憂き目を見ることはすまいと、より心を閉ざすが、折しも致命的な打撃が加えられる。それは匂宮に左大臣夕霧の姫君との縁談が進められているという知らせであった。そのころ、帝の御子たちはいずれも北の方（正妻）の実家の経済力により人生が左右されるといっても過言ではなかった。無力の八宮家との縁では匂宮の将来が不安定であり、どうしても強力な貴族の姫君との縁組が必要で、父帝母后も積極的であった。

はかない愛人のような立場に捨て置かれるかもしれない中君の将来に危惧の念を抱き、絶望的になった大君は心労のかぎりを尽くし、まもなく病に臥してゆく。薫は自らの浅はかな失態に臍《ほぞ》をかむ思いであったが、時すでに遅く何らなすすべを知らなかった。

大君のゆかりの糸
―愛と死―

とり返しのつかない過失に深い自責の念に苛まれる薫は、大君に献身的な看護を続けるが、その甲斐もなく彼女はその短い命を終えた。病いの中で、父八宮の時代以来、薫から受けた数々の厚志に対し謝意の念をあらたにするが、臨終の床で大君は次のような思いを薫に告げている。あなたの過分な配慮と温かい志には御礼の言葉もないが、ただ一つだけ恨めしく思うことがある、それは私の切なる願いを無視して妹を無理矢理匂宮の妻にしてしまったことで、このことばかりは無念の極みである、と。

薫もまた自らの軽薄、いや卑劣ともいえる行為に慚愧《ざんき》の念を禁じえなかったが、大君亡き後、故人の無念を鎮《しず》めるため、宇治で四十九日の喪に籠もり勤行に余念がなかった。折から雪にかきくれる日々、大君への思いはいささかも消えることなく、日を追うごとに重く深く胸内に沈潜していった。そして返す返すも故人の本意を違えたことが悔やまれ恥じ入るばかりであったが、姉君の没後、身近にある妹中君の存在が、ふと以前とは異なった視点から彼の心眼に迫ってきたのである。

かつては単に愛らしく美しい若い娘であったが、姉が去った今、容姿気配が亡き人に酷似し、慕わしさも一入に思えるのである。一般に姉妹、兄弟の一方が他界すると、残された一人が生前以上に故人に似通って感じられることも多いが、薫の場合も全く同様であった。かつてはそれほどにも思われなかったが、今となっては亡き大君そのものといってもよいほど身近くいとおしく感じられる。が、口惜しくもすでに中君は人妻であった。いかに愛が不安定とはいえ匂宮の夫人であり、夜《よ》

二条院へ迎えられる前日，不安や別離の悲しみに沈む中君

離《が》れ（男が女のもとに通わないこと）の多い夫でも、それを都遠い宇治の地でつつましく待つしかない身の上なのである。しかも彼女をそうした立場に追いやったのは他ならぬ薫自身であった。

翌春、宇治への通いが物理的にも不可能に近いことを悟った匂宮は、中君を都の二条院に迎えることにする。中君の孤立した状況に心を痛める薫の後援もあって、彼女はほどなく入京する。中君の入った二条院は久しい以前、源氏が若紫の君を招いた邸であるが、中君はまさに紫の君のように華やかな御殿に招じ入れられ、ひとまず幸いの妻の座を与えられたようであった。ほどなく懐妊しよろこびも一入であるが、そうした安定、安逸とは裏腹に匂宮と六君（夕霧の姫君）との婚儀も背後から着実に進められていったのである。

薫は二人の成り行きに一喜一憂しつつも、アウトサイダー的な立場に置かれていたが、中君が不遇であればあるほど愛着は募り自制心も失われてゆく。一方の中君も宇治以来の心の支えである薫への信頼を深める一方で、匂宮の妻としてのわが身の行く末に暗澹《あんたん》たる思いを抱くことも多かったが、結婚生活の不如意、苦汁を実感するなかに、生前の大君の聡明な心がまえにつくづくと深い思いを致していた。

姉上は男女の愛、結婚というものの本質、むなしさ、はかなさを十分御存知のうえで、薫様の申し出を受けられなかったのだ。いかに理想的な組み合わせでも、生涯同じ愛が続くとは限らない、いやありえないといってもよい。それをたしかに見通したうえでのことで、何と慎重な御配慮であったことか。それにくらべて自分は何と愚かなことか。父上の戒めにそむいて軽々しくも宇治を離れてしまったが……。八宮は遺言として姉妹に結婚については、極力自重するように、宮家の姫君として家の名誉を汚すような結婚をするより、この宇治に留まり、生涯清やかに誇りをもって過ごすように、との戒めを残している。今にして中君は父の、姉の真意を思い、俗世にさ迷い出てしまった自身が悔やまれるのであった。

六君との婚儀もととのい、夫への信頼を裏切られた中君は、改めて薫を頼って宇治に帰ることも考えたが、彼は中君の想像とは別の思いで彼女に近づき、失望、困惑させたのである。所詮男女の間に真の友情、親愛関係など求めるのは不可能なのであろうか、思い悩んだ末に中君は薫を遠ざけ、匂宮の妻としてむなしく生きることを自らの宿命と思い定めるのである。薫の執心を抑える道はないのか。彼女が退けば退くほど、彼の妄念はより深く激しく理性を超えて燃焼してくるようであった。

そうした折、中君は薫にある女人の存在を告白する。それは浮舟と呼ばれる源氏物語最後のヒロインである。浮舟は八宮の側室の娘で亡き姉大君に面ざしがよく似通っていた。姉君の没後、いかなる縁談にも耳を貸さず、ひたすらその面影を求めてゆく、そして中君を慕い、少しでも似通っている人をと願う薫の心情を察した中君は、今にして高潔な父の名誉を傷つけることにもなりかねないことに苦慮しながらも、異母妹浮舟の存在を告げたのである。

浮舟の行く途

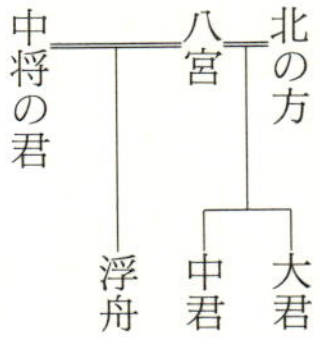

それでは浮舟とはどのような素性、生いたちの娘なのであろうか。彼女の母はかつて八宮家の女房（侍女）で中将の君と呼ばれ、八宮の北の方の親族でもあった。八宮は北の方を熱愛していたが、妻が二人の娘を残して世を去ると、子女の養育と仏道修行に専念し、再婚の話などには全く無関心であった。が、ふとしたことで中将の君との間に姫君を儲けたのである。しかし北の方への背信の後ろめたさと自身の罪深さを知ってか、八宮はその後中将の君を遠ざけ、思い余った彼女は幼い浮舟を連れて地方官の後妻になり、宮家を去って行った。夫の任地は常陸《ひたち》国（現在の茨城県）で、以後浮舟は東国の片田舎でひっそりと成長していったのである。継父は浮舟を愛さず、母一人の慈愛にすがる日々であったが、宮家の血筋を身に受けて上品に美しく、そして大君にも面影が通って二十歳ほどになっていた。その頃は京に戻っていたが、中君を頼って二条院を訪れた中将の君は、匂宮夫人に浮舟の将来への力添えを期待したのである。浮舟を田舎娘に終わらせたくないという母の一念からであった。

はじめて浮舟に対面した中君は異母妹のなかに大君の面影を探り、父の恥を忍びながら薫に真相を明かしたのである。中君への未練を抑えがたい薫は、その娘に多分に心惹かれながら慎重な姿勢をくずさなかった。また一方、浮舟の母もこの縁には不賛成であった。自らの若き日の不幸な体験の所以である。

当時の身分序列の社会においては、薫と浮舟とは正規の夫妻として結ばれることはなく、薫の愛人、あるいは多くの側室たちの一人に過ぎないことになる。源氏晩年の高貴な正妻の嫡子で、当代一の貴公子である薫に対し、浮舟は八宮家の血を引くとはいえ、東国育ちで地方官の後妻の連れ子である。相手がいかに立派な男性でも、愛人的存在に甘んずることは女にとっていかに辛く惨めなことか、八宮とのかつての過酷な体験が悟らせた実感であった。貧しくとも、身分や地位は低くとも、家格の釣り合ったほどほどの男の正式な妻として生きる方がどれほど心安く幸せなことか、それもまた彼女の流転の半生が教えてくれた哲学であった。田舎びて、粗暴で口争いばかりしてきた後夫ではあるが、夫の常陸介は自分を正妻として常に大切にし、二心なく扱ってくれた。上品で美しい八宮でも決して自分を認めてくれなかった人よりも……。浮舟の母はわが娘には自分と同じ憂き目を見せたくなかったのである。

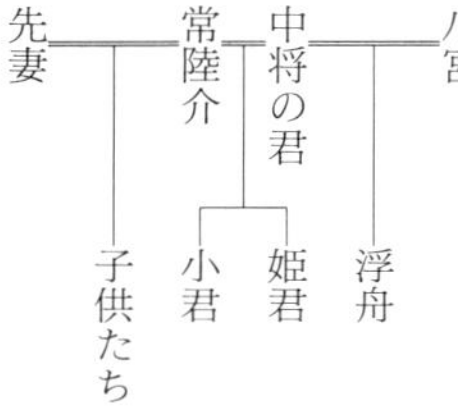

一方の薫も、前述のように大君や中君への絶えざる思慕の念から不自由で、劣り腹《おとばら》（母の身分が低いこと）の姫君にはさして熱意もわかなかった。それは浮舟の身分に対する不満というより、新しく現れた妹への早速の心変わりを中君がどのように思うか、そうした不安も手伝ってのことであろう。が、浮舟当人の思惑は全く不問に付されたまま、彼女を取り巻く人々の複雑な想念を絡めながら物語は展開してゆく。ほどなく浮舟は薫の手に託され、宇治の山荘で彼のたまさかの訪れを待つ身となった。

初めは反対していた母も薫の人格、誠意に感じ入り、鐘愛の娘の未来を彼に委ねたが、当然のことながら都から遠路の通いは無理であった。浮舟をいとしく思いながら、薫は故人への思いも消しがたく、大君、中君とは育ちの異なる異母妹に対する軽い視線も伴い、全身全霊で愛を捧げるという趣ではなかった。通いはごく稀で、いずれ京に迎えてと思いながら無沙汰をかさねることが多かった。

後日、浮舟は薫とのかかわりについて、

はじめより、薄きながらも、のどやかに物し給ひし人は、この折、かの折など思ひいづるぞ、こよなかりける。　〈手習・三八三〉

と述懐している。一途に情熱的ではないし、淡々としてやや冷たさを伴う面もあるが、安心してすべてを任せることのできるその人となりを、なつかしく思い返しているのである。訪れは稀であっても薫は浮舟を途中で捨てるような軽薄な男ではない。彼のような篤実な貴公子に見初められたことは女として幸運であり、本人もまたその母も事の成り行きに安堵していた。当時、浮舟は薫の待遇にいささかも不満を抱いていたわけではなく、母子で苦労の末にようやく辿りついた安らぎの境地に感謝する一念であったろう。そしてこのままの状況が続けばいつか京に迎えられ、彼女の人生は極めて安泰であるはずであった。

しかし寂しいながらも未来に光明を覚える宇治での平安の日々は、つかの間の夢でしかなかった。突然、舞台は暗転し、純朴な東国育ちの娘の人生は一気にレールを踏みはずしてゆくのである。それは中君の夫、匂宮の出現であった。かつて浮舟が姉の中君を頼って二条院に身を寄せていたとき、ふとその姿を垣間見た匂宮は、妻に面ざしの通う浮舟に心惹《ひ》かれ、いつしかその所在を耳にして宇治に赴いたのである。はじめは浮舟か否か確かめたい思いであったが、当人と知ると自制を忘れた匂宮は薫を装って強引に彼女のもとに忍び入ったのである。急な事態に浮舟は戸惑い苦悩するばかりであったが、彼女に対する情念を抑えがたい匂宮は以後も無理な逢瀬をかさねてゆく。

一方の浮舟も、薫への背信に身を削る思いであるが、沈着、冷静で、いつも大君の面影から不自由な薫の冷めた視線に対して、身分も地位もふり捨てて一筋に情熱的な愛を捧げてくれる匂宮に、無意識のうちに惹かれてゆくのをいかんともしがたかった。理性と感情の激しい相克のなかにさらに状況は悪化してゆく。二人の文のやりとりが露見し、薫の知るところとなったのである。浮舟は窮地に立たされることになる。

真相を知った薫の無念ははかり知れないが、浮舟はともかく、身分ある匂宮を正面から糾弾することもできない。ただ浮舟に対して痛烈な皮肉をこめた文を送るばかりであったが、女の進退は窮まってゆく。薫に京に迎えられる日を夢見て、嬉々として都移りの準備に余念のない母や乳母たちを前にして、浮舟は自らのとるべき道を定めたのである。宇治川への入水《じゅすい》であった。

横川のゆかり　彼岸への道

が、浮舟は死ななかった。いや死ねなかったといった方がよいかもしれない。宇治川への入水を見送ったのではなく、実践に付そうとしたものの未遂に終わり、前後不覚の状態にあったところを、通りがかりの僧の一行に救われたのである。瀕死の浮舟を発見したのは横川《よかわ》に住まう高徳の僧都で、母尼と妹の尼君や供の僧たちが初瀬詣でに行った帰路、たまたま宇治に立ち寄った折であった。横川とは比叡山の最も奥深く御堂のあるところで、初瀬は大和の長谷寺である。長谷寺には観音信仰のため多くの人々が参詣し、当時の女流作家たちもよく訪れていたが、あの玉鬘の物語も初瀬で始められていた。

久しい昔、一人娘を亡くした妹の尼君は、生きていればわが娘と同年齢の美しい浮舟をこよなく愛し、病の快復を願って献身的な介護を惜しまなかった。横川僧都の特別の祈禱の甲斐もあってか、二ヶ月ほどして浮舟はようやく正気をとり戻したが、決して素性を明かそうとはしなかった。比叡山の麓、坂本の地にある尼たちの住まいに身を寄せて静養の日々を送っていたが、「死なれぬ命」を恨めしく思いつつも出家を願い、余命を育みたいと願っていた。

周囲の人々はあまりにも若く美しい浮舟を、出家、落飾させるのを残念に思い、とくに妹尼は反対したが、本人の意志は変わらなかった。しばらくして妹の尼君が再び初瀬に赴いた時、その留守を幸いに、たまたま横川から下山していた僧都に懇願し、ついに本懐を遂げるのである。若い尼として浮舟はやっと平静をとり戻すことができたが、初瀬から戻った妹尼の嘆きはとどまるところを知らなかった。

浮舟入水・未遂　僧都一行の救い

蘇生後の浮舟は自らの過去の罪を思い、男女の愛の苦しみや悲しみ、わずらわしさ、むなしさをかみしめ何としてもそれから自由になりたかった。そして異性とかかわってあの苦患に満ちた地獄絵を見ることは何としても避けたい、そう切実に願っていた

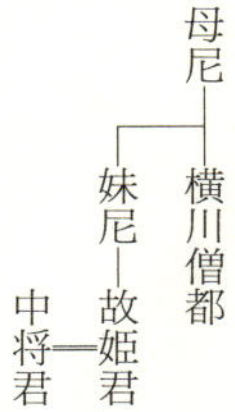

が、彼女の周辺には、また男君の影が忍び寄っていたのである。妹尼の娘婿であった中将の君である。妹尼の娘はすでに没しているが、いまだに亡き妻を忘れかね、継母への挨拶を続けていた中将の君は、偶然目にした山間には不似合いなほど美しい浮舟に激しく心奪われ、妹尼を介して積極的に意中を伝えようとしたのである。浮舟が強烈に出家の決意を固めた直接の原因はここにもあった。

彼女はすべてから逃れるように意志を通し、ようやく平安の身を得ることができた。妹の尼君ははじめ無念に思いながらも、尼としての新生活を全面的に支えてくれたが、罪を悔いかろうじて闇路の中から抜け出した今、浮舟は何を思っていたのであろうか。「薄きながらものどやかに」自らを過してくれた薫の愛をなつかしみ、かりそめの情熱に燃える匂宮に一時でも心を許し、心惹かれた自身の罪が苦々しく情けなかった。もうあのような過ちは決してくり返すまい、あのような無惨な世界には決して戻るまい、つつましく仏道の修行に励みながらそう反芻《はんすう》していたのである。

しかしその静けさも、いつか破られる時がくる。ふとした事情で浮舟の存命が薫に伝えられ、彼からの使いが山里を訪れたのである。薫はその噂を聞いたとき、はじめは半信半疑であったが、入水に失敗し、僧都や尼君たちの慈悲の手に導かれて今や仏の道に仕える若い尼に心をこめて文を書いたのである。使者に立ったのは浮舟の異父弟にあたる少年であった。薫は浮舟を失った母の嘆きを思い、自らの責任を感じて弟たち（浮舟母の再婚後の子供たち）を手厚く庇護していたのである。

手紙には、

あなたのかつての罪は今さら言いようもないことですが、でも、もう一度だけお会いして、いささかの昔話でもしたいと思うのですが……

とあった。薫から事情を聞いた横川僧都も浮舟を急いで出家させてしまったことを後悔し、彼女に還俗《げんぞく》（出家をやめて俗人に戻ること）を勧める文を送っていた。人が現世で一日出家すれば、仏の功徳でその子孫が七代にわたって救われるといわれていたが、それほど出家の意志は尊いことで、あなたはもう十分仏に仕え功徳を積んだのですから、還俗して薫様のもとに戻って下さい、そしてあの方の「愛執《あいしゅう》の罪を晴るかし聞え給ひて」（あなたに対する執着心をとり除いてあげるように）と諭すのであった。「愛執の罪」とは人を愛し、その人に執着することで仏教の教えでは罪になる。薫が浮舟を慕い続け、彼女がそれを拒否し続ければ、薫に永遠にその罪を犯させることになる。彼女が俗世に帰ってその愛を受け入れ、彼を愛執の罪から救ってあげなさいというのである。

が、浮舟はどちらの文も受けつけなかった。久々に薫の文を見てなつかしい心温かい筆跡、言葉に涙しながらも、弟の小君と直接対面することすら拒んでいる。御簾ごしに見る弟の姿に懐旧の念を禁じえず、幼い日より自分の幸いを求めて苦労に苦労を重ねた母を思った。そして無言の浮舟に

浮舟に対面を拒まれた小君の悲しみ

たまりかねて返事を促す妹尼に向かって次のようにいう。私は今、心が動揺して記憶も定かではなく、このようなお方（薫）のことは全く覚えておりません。人違いでしたといって私のことは知らせないで下さい。ただ、

とざまかうざまに、思ひ続くれど、更《さら》にはかばかしくも、思《おぼ》えぬに、ただ一人、物し給ひし人、「いかで」と、おろかならず思ひためりしを、「まだや、世におはすらむ」と、そればかりなむ、心に離れず、悲しき折々侍るに……かの人、もし世に物し給はば、それ一人になん、対面せまほしく、思ひ侍る。

〈夢浮橋・四三〇〉

と言うのである。なにも思い出せない中にわずかな記憶を辿ってゆくと、たった一人、いつも私の身を案じて気遣ってくれた人があります。その人がまだ存命しているのかどうか、それだけが心残りで悲しく存じます。もしその人が生きていたらその人だけに会いたいのです。そう言って薫と

のことは不問に付すよう頼み、彼の文を広げたまま尼君に返してしまうのである。今、浮舟が再会を願うのは母だけであった。

妹尼たちに、「今日は無理のようなので、また別の折に」といって慰められ、小君はなすすべもなく姉からの返事も持たずに薫のもとに戻ってきた。帰りが遅いので不安に思いながら待っていた薫は、事情を聞き、全く合点がゆかず、なんとももどかしい思いであった。

桐壺巻から始められた源氏物語五十四帖の最終巻、夢浮橋《ゆめのうきはし》の巻はここで終わっている。

源氏物語の心　結び

長い長い物語は夢浮橋の巻でようやく完結する。が、はたして完結したと言えるであろうか。何とも曖昧な終わり方に釈然としない思いを抱くのは現代の私どものみではなかったようだ。古来からこの終わり方には多くの疑念が投げかけられてきたのである。源氏物語の終着点はここではないのではないか、これから後の物語があったはずである、それが現在伝えられていないだけなのだ……等々と。

その後、浮舟はどうしたのであろうか。一度は薫の申し出を断ったが、後に再会して還俗し、薫の女君として遅い幸いの道を歩んだのではないか。いや還俗はしないまでも、以後、薫と心温かい親交を深め、彼の厚い庇護のもと浮舟の後半生は安定した出離の日々であった等々、これにも様々な憶測がなされているが、遂には「源氏物語山路の露」という続篇の巻々までものされている。夢浮橋の終焉に不満足な後人たちのなせるわざであろう。

しかし、諸々の世人の思惑はともかく、源氏物語は夢浮橋をもって完結とする、少なくとも紫式部の手はここをもって離れる、と見るのが一般であり、最も妥当な線であろう。この、一見して、極めて結びらしからぬ結び方にこそ、真の意味での源氏物語作者の思いが込められていると見なされるからである。今後の二人のあり様、生き方について作者は何も語っていない。すべてを読者たちの想像の世界に委ねているが、私どもを含めて無限ともいえる古来以来多くの読者たちは、結局、作者によって多大な重荷、宿題を課せられていることにもなろう。それは源氏物語という質量ともに古今に稀ともいえる壮大な作品に出会った者たちの、永遠の宿命といえるかもしれない。

作者、紫式部は源氏物語を、一応のめでたしめでたしである藤裏葉《ふじのうらば》（第一部の終わり、三十三帖目）の巻でなぜか終えなかった。そして従来とはかなりカラーの異なる第二部世界を若菜の巻より書き継ぎ、源氏にとっても読者にとっても最愛の人、紫上を見送ってから光源氏の物語を終えている。さらに、それでも筆を止めず、さらに第三部の宇治世界を拓いていったのである。第二部、第三部と巻が進められるにつけ、物語の色調は次第に華やぎ、明るさから遠ざかり、弱く、鈍く彩られてゆく。内質も舞台装置も自然背景も少しずつ色彩感を失っていったのである。

かくして迎えた夢浮橋の巻、春の夢の中にはかなく見える、空に浮いているような実体のない橋、いつ消えるかわからないような巻名にも通う、中途半端なとらえどころのない終局のはてにいかなる彩色が望めるというのか、向後にいかなる展望が拓かれるのか。浮舟の答えはすでに決められている、その道を虚心に歩み続けるのみで、翻意の余地など残されていない、そう考えざるをえないのではないか。

それではここでこの物語が終結しているとして、源氏物語の主題とはいったい何であったのか。紫式部が長い長い歳月をかけて、恐らく身命を賭して書き紡いでいったと思われるこの虚構世界を通して、彼女は何を言おう、訴えようとしたのであろう。

近年の作家論、作品論のなかには、作品と作者とは本来別物であって、必ずしも作品の主題や思想を作者のそれとして重ねるべきではないとの考え方もあるようである。たしかに一理あることではあるが、いわゆるプロの職業作家が多勢である時代はともかく、平安期の女房文学においては、やはり作者と作品を密接にかかわらせて論ずることはごく自然の成り行きといえよう。そう考えると紫式部の源氏物語にこめられた思いとは何であったのか、それを解明することは意味のあることであり、また解明したく思うのも人情であろう。

しかしその答えを出すことは極めて困難である。いや不可能に近いと言ってもよいかもしれない。そもそも一つの作品なり作家なりについて、明確な一つの正解を求めることなど文学の本意ではないし、ことにこの遠大な作品においてはなおさらであろう。やはりこれは私ども読者の一人一人が個々の感性や知性、知識や体験など、諸々の心の鏡を介して独自に把握、理解してゆくものなのであろう。

源氏物語と深くかかわり、我々が生を続ける限り、この難題から解放されることはないかもしれないが、そうした果てしない人間の心の旅に重い課題を与え続けてくれるのも、源氏物語という作品の本然なのであろう。

一つの答え　秋山論

ところでかくして正解を求めえぬ現状にあっても、その答えを求めて諸々の模索が続けられていることもたしかである。多くの研究者たちは様々な角度からこの問題にとり組んでいるが、その中で、秋山虔氏は源氏物語の女人たちの生き方を究明されるなかで、結婚拒否の倫理という視点からの考察を試みておられる。(岩波新書『源氏物語』参照)

これは物語の最終コースの宇治の大君の物語を中心にしてのことである。大君の薫への愛とは、愛するがゆえに身を引くしかないという彼女の劣等意識と妹への無償の愛、肉親愛とによるものであるが、決してそれだけの理由ではない。どんなに理想的な相手であっても、現実に生活を共にするなかで終生不変の愛を持続し続けることは困難である、いや不可能であるという、いわば男女の愛に対する不信、ひいては人間不信ともいえる覚めた思念のなせるわざであったというのである。

大君のこうした想念がいかに当を得たものであったかは、後年匂宮に伴われて京に移り住んだ中君が、夫と六君の婚儀にのぞんで身にしみて体感していることはすでに述べたところである。

これは一夫多妻という当時の社会体制のもとで、極めて不利な状況下にあった女性の立場からの視線であることは明らかであるが、女性の社会的地位が往時とは比較にならないほど向上した現代において、それは全く無縁の過去のことと言い切れるであろうか。これに対してしいかと答えることもなかなか勇気のいることではないのか。

源氏物語のなかに男女の愛のドラマのあり様を辿ってみると、幸いに満ちた物語はごく稀で、概ねは、ことに主要人物たちが織りなす物語については、心内深く様々な苦患や悲しみ、孤絶感をかかえた、いわば不如意、不毛の愛や恋に終わる場合が実に多い。源氏と藤壺、六条御息所、葵、明石君など、そして女三宮と柏木、宇治の姫君たちと薫、匂宮など、その中には若くして出離の道を選ぶこともあった。あの六条院の大輪の花ともいわれる紫上も晩年は苦悩と病の日々において、愛の不信と不安、源氏の背信の罪の容認と愛の回復のために、心身を削る思いで心労をかさね、出家を願って果たされぬままに世を去っていった。

紫上の男女の愛に寄せる懐疑の念は大君の中に確実に継承され、その果たされなかった出家、落飾の願いは、大君のゆかりを体内に受け継いだ浮舟によって達成されたともいえようか。

しかし源氏物語は人間の愛や生そのものを否定しているわけではなかろう。晩年の紫上は不実の罪におののく源氏を母の慈愛にも通う思いで見守り、一方、源氏は罪の子である薫の幼い命に柏木と女三宮の宿命の愛を思い、慈しみの念を探り求めてゆく。健やかな命の躍動がすべてを失った老いの身に心温かさ、生へのよろこび、期待感を招来し、自身の生きる糧をも与えてくれていたことを覚えるのである。

所詮、愛も恋も普遍、恒常的なものではありえない。むなしさも悲しみも苦しみも不即不離のものであるが、逆にその摂理を悟り、それぞれの宿世、宿命を受け入れる寛容、順応の精神に従い、わが魂、わが心を束縛されることなく自在に生きることができたら、それもまた生の至福と言えるであろう。現世のむなしさやはかなさを見透かしてすべてに対して愛と許しの道を求め、自らの心に素直に生きることを願い努力してゆくしかない、今、そんな紫式部のつぶやきが聞こえてくるようではないか。

第三章　美意識・思念

（一）　華やぎ、やつれ

美意識とは

紫式部という平安女流作家のものした日記と物語についてその概観を辿ってみたが、彼女の思想や感性、想念、志向などはどのようなものとして捉えられるのであろう。残された作品から作者の精神世界が完全に理解、把握されるとは限らないが、何がしかの指標、方向性を探ることは可能であろう。ここではその一つの手がかりとしてまず美意識の問題をとり上げてみたい。

美意識とは美に対する感覚、感受のあり方のことで、ある対象、たとえば自然や人間の諸相、様相に対して、美しい、きれいだ、すてきだ、清やかだ、等々、何らかの感動、心惹かれる情感を覚えることで、基本的には人間の個々の感性、感覚に委ねられるものである。源氏物語や紫式部日記の中には様々な状況、対象に対して多様な美的感動、美的発見が披瀝《ひれき》されているが、それらの軌跡を辿ってみると、作者の美的判断、評価の基準、あり様のアウトラインが窺われ、その想念、志向の赴くところが見えてくるようである。

ところで美意識というとまず清少納言のそれが想起されるが、彼女の場合、一般の常識を越えた新たな美の発見がその特徴とされている。たとえば当時、美の基調とされていた雅な和歌的世界の中ではとり入れられなかった景物、たとえばうぐいすや時鳥に対して、からすやとびなど、鈴虫や松虫に対してこおろぎや蚊などを大胆にとり扱い、人々の意表をつくことに功を奏しているのである。が、その時代の伝統や一般の好尚を全く無視しているわけではない。大方の人々の好みや価値観を基本的に受け継ぎながら、その上に清少納言流の鋭い清冽な感性が光を添えるからこそ、新鮮な美意識が高い評価を得るわけである。そしてこれは紫式部の場合にも同様なことが言えるであろう。

紫式部は清少納言以上に伝統を重視し、平安の貴族たちの趣味や好尚を十分に体得しているが、そうした基盤の上に立って式部固有の独自の感性が、清少納言のように著しく人目に立つこともなく、静かにひかえめに、行間に浸み出るように看取されるのである。それは彼女の美に対する意識、感覚であるだけでなく、思想、感性、ひいては人間としてのあり様を写し出す鏡といえるかもしれない。以下にその実態について少し辿ってみたいと思う。

華やぎの装束

女君たち

源氏物語絵巻、枕草子絵巻、平安朝の風俗などという言葉からまず連想されるのは、色鮮やかな十二単衣の衣々に包まれた、黒髪の長く美しい女君たちであろう。そして冠に直衣《のうし》（貴族男子の平常服）や束帯《そくたい》（礼服）に杓《しゃく》を持った貴公子たちの姿である。さらにそれらの背景、舞台装置に欠かせないのが四季折々の自然の風景である。まさに日本古典の象徴的な雅の世界の一幅である。

源氏物語や枕草子、紫式部日記などに登場する人々の多くも、それぞれに色彩感ゆたかな美麗な装束に身を装い、絵巻の趣を存分に写し出されているが、たとえば枕草子の一例を見てみよう。中宮定子の妹の原子が春宮（皇太子）のもとに輿入れしてまもなく、定子のもとに挨拶に訪れたときである。原子は淑景舎《しげいさ》女御と呼ばれていた。

淑景舎は北に少しよりて、南むきにおはす。紅梅いとあまた濃く薄くて、上に濃き綾の御衣、すこし赤き小袿《うちぎ》、蘇枋《すはう》の織物、萌黄《もえぎ》のわかやかなる固紋《かたもん》の御衣たてまつりて、扇をつとさしかくし給へる、いみじう、げにめでたくうつくしと見えたまふ。〈一〇〇段・二一〇〉

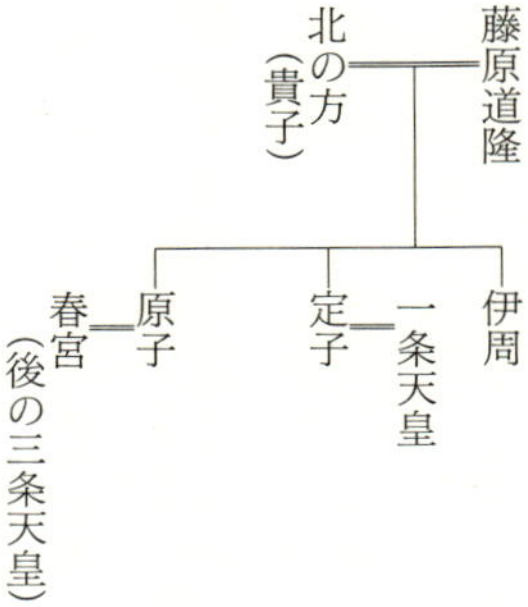

宮中の定子の部屋で、道隆夫妻も同席した家族団欒の風景に、各々の衣裳や髪型が紹介されるなかで、結婚後まもない原子のあでやかな若々しい風姿が華麗な衣々により活写されている。実に多彩かつ精巧な服飾文化の極みといえるが、紫式部日記の中にもさらに多く事例を追うことができる。たとえば寛弘六年一月、正

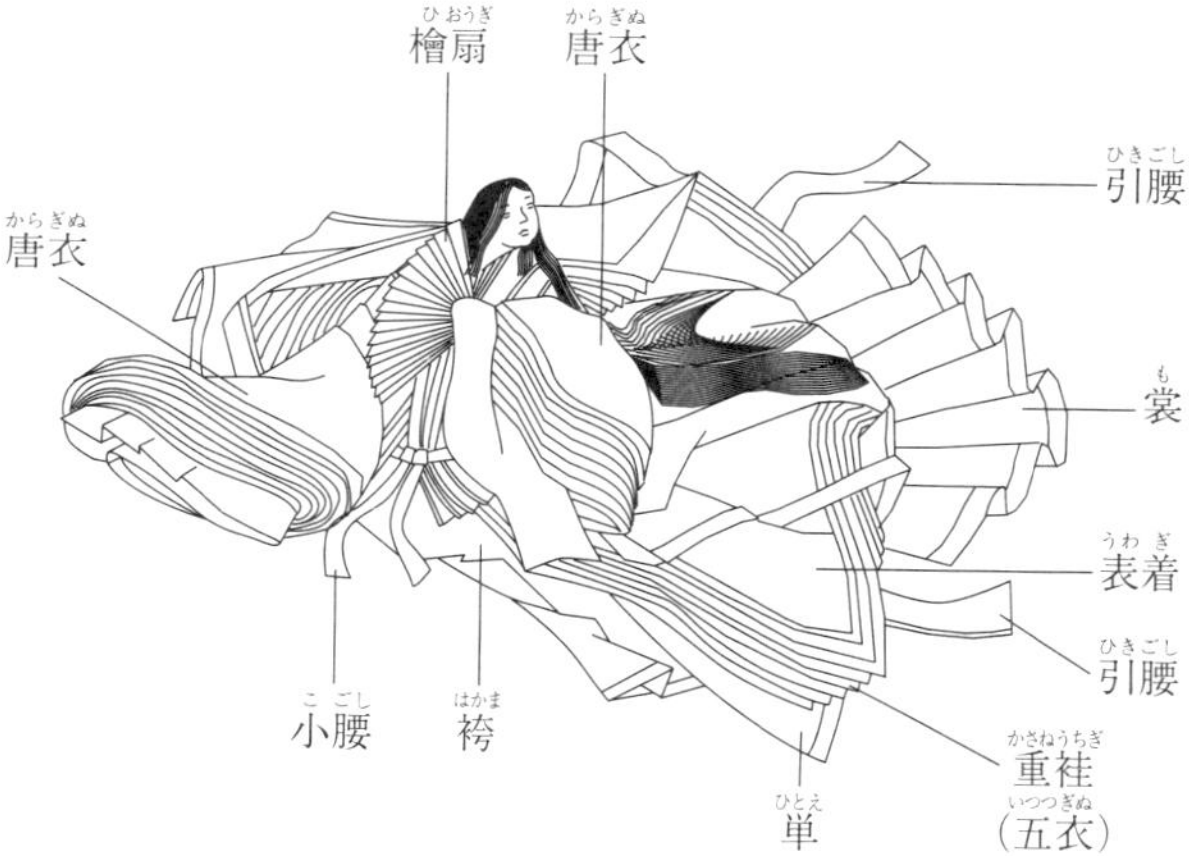

女房装束姿

月の祝儀に若宮の介添《かいぞ》え（お付き、世話係）として出席した女房、宰相の君の様子を見てみよう。

紅の三重五重、三重五重とまぜつつ、おなじ色の打ちたる七重に、一重を縫ひかさね、かさねまぜつつ、上におなじ色の固紋《かたもん》の五重、袿、葡萄染《えびぞめ》の浮紋《うきもん》のかたぎの紋を織りたる、縫ひざまさへかどかどし。三重がさねの裳、赤色の唐衣《からぎぬ》、ひえの紋を織りて、しざまもいと唐めいたり。いとをかしげに髪などもつねよりもつくろひまして、やうだいもてなし、らうらうしくをかし。〈七五〉

昨年の秋に生まれた、道長家待望の若宮の新年祝賀に参列した多くの女房たち、それぞれの装束が細やかに記されるなかの一例であるが、宰相の君はすでに紹介した、昼寝姿を式部にのぞかれた親友女房である。生来の明るく華やかな容貌が、粋をこらした美麗な衣裳に一際映えている様子が窺えよう。無論、源氏物語の中にも華やぎの女君たちの姿は枚挙にいとまがない。たとえば六条院に移り住んだころの玉鬘を見てみると、年末に源氏から贈られた山吹がさねの衣（表が白、裏が黄色）に包まれた姿が次のようである。

あなをかしげと、ふと見えて、山吹にもてはやし給へる御かたちなど、いと華やかに、ここぞ曇れる、と見ゆるところなく、隈《くま》なく匂ひきらきらしく、見まほしきさまぞし給へる。〈初音・三八一〉

愛らしい美貌に明るい色合いの衣がよく似合い、源氏は満足の極みであるが、また、若菜下巻の女楽の折などはさらに圧巻である。以前より女君たちを一同に会して管絃の合奏を企画していた源氏は、念願かなって、ある春の宵に演奏会を催したが、それは女君たちの衣裳競べの場面でもあった。ここに席を同じくしたのは女三宮、紫上、明石君、明石女御であったが、

桜の細長に、御髪は左、右よりこぼれかかりて、柳の糸のさましたり。〈若菜下・三四六〉

紅梅の御衣に、御髪のかかりはらはらと清らにて、ほかげの御姿、世になくらうたげなるに、〈同〉

まず女三宮と明石女御である。ともにまだうら若い女君であるが、桜がさね（表が白、裏が赤）や紅梅がさね（表が赤、裏が青）の美麗な彩りの衣々に、美しい髪がこぼれかかり、愛らしくやさしい風情である。そして、

葡萄染にやあらむ、色濃き小袿に、薄蘇枋《うすすはう》の細長に、御髪のたまれるほど、こちたくゆるるかに、大きさなどよきほどに、やうだいあらまほしく、あたりに匂い満ちたる心地して、〈同〉

柳の織物の細長、萌葱《もえぎ》にやあらむ、小袿きて、うすものの裳のはかなげなるひきかけて……けはひ、思ひなしも、心にくく、〈同・三四七〉

紫上と明石君であるが、女性として充実した大人の美が恣に尽くされている。濃い紫や藍色、緑、若紫、黄色などの彩色に、六条院の女君としての存在感があふれているようである。こうして四人それぞれに各々の彩りが存分に施され、まさに源氏栄華の象徴的場面が綴られているが、これがいわゆる光源氏の華やぎの物語の終焉になることも皮肉な成り行きである。

が、ともあれ王朝の絵巻にふさわしい色彩感に富む衣々が、舞台に光彩を与えているのであるが、一方で、いわゆる「王朝絵巻」がこれだけで終わっているわけではないこともたしかである。背後にもう一つの美の認識が培われているのである。

若宮を抱く中宮彰子

白い衣の女君たち

紫式部日記はすでに述べたように、中宮彰子の御産記録が中心になっているが、その中に次のような一節がある。若宮が無事に誕生してまもなく、安堵の日々の彰子産室の様子である。

よろづの物のくもりなく白き御前に、人のやうだい色あひなどさへ、けちえんにあらはれたるを見わたすに、よき黒絵に、髪どもを生《お》ほしたるやうに見ゆ。〈一七〉

当時の貴族たちは自邸の一部を産室とし、出産前後は室内の調度類をはじめ、当人及び周囲の人々の衣類や寝具などを、すべて白一色に整えるのが一般であった。右は出産後一、二日のことで、最高権力者の邸内の日頃の華やぎに満ちた趣に対し、白一色の清冽ともいえる室内の風情が、ある種の感動をこめて記されている。平生には見られない無彩の状況が、そこに出入りする人々の容姿や容貌を際立たせ、ふと気恥ずかしささえ覚えるが、見事な墨絵の髪の部分を黒くぬったようであると評している。いわば日常から逸脱した、平生の華やぎの彩色から離れた次元での美の認定がなされているのであるが、この種の美への憧れは源氏物語の中にも多様に辿ることができる。たとえば、次に見る浮舟や明石君の姿である。

女も、ぬきすべさせ給ひてしかば、細やかなる姿つき、いとをかしげなり。……懐しき程なる白き限りを、五つばかり、袖口、裾の程まで、なまめかしく、色々にあまた襲《かさ》ねたらむよりも、をかしう着なしたり。〈浮舟・二三八〉

この浮舟ぞゆくへ知られぬ、
はかなき宇治の川越え

浮舟に執心する匂宮は、ある夜明け方、彼女を小舟に乗せて宇治川を渡り、対岸の山荘に連れ出してしまう。急のことで何の用意もできなかった浮舟は、山荘で上着をとると下に白い衣を五枚ほど重ねていた。しっとりとして糊が落ち着なれた白い衣々が、多彩の衣装よりも落ち着いた上品な気配を醸しだし、匂宮は彼女への思いをいよいよかきたてられる。ちなみに、夜明けの川面をはかない小舟で渡ったとき、女が「この浮舟ぞゆくへ知られぬ」（この小舟はどこに行くのでしょう、私はどこに漂い流されてゆくのかしら）という歌を詠んだことから、「浮舟」という呼び名がつけられたのである。

また、日記と同じような出産の場面を扱ったところでは、物語の中でまず葵上の例があげられよう。物の怪に苦しめられ、心身ともに消耗している妻を見舞った源氏の目に写ったのは次のような姿であった。

白き御衣に、色あひ、いと花やかにて、御髪、いと長う、こちたきを、引き結ひて、うちそへたるも、「かうでこそ、らうたげに、なまめきたる方そひて、をかしかりけれ」と見ゆ。

〈葵・三三三〉

日ごろ冷やかな二人の間柄であったが、懐妊を機に源氏の葵への情愛も深まっていった。久しい間の妻への背信の疼きのなかに、白い衣にひき結ばれた黒髪が鮮烈に彼の心眼に迫ってくる。このような美しい人の、何が不足で自分は諸々他の女に心を移してきてしまったのか。葵上の美麗に装った姿は常々見尽くしてきた源氏であるが、日常とは異なる静謐な彩色に包まれた女人を前に、一入の愛着と感慨を覚えているのである。

また明石君や大君も白い衣々の似合う女君たちであった。薄雲の巻、姫君の二条院への移転を目前にして、庭の池の氷を見ながら苦汁を呑む若い母の姿が次のように記されている。

汀の氷など見やりて、白き衣どものなよよかなる、あまた着て、ながめゐたる様体、頭つき、後でなど、「かぎりなき人と聞ゆとも、かうこそはおはすらめ」と、人々も見る。
〈薄雲・二二九〉

雪の降りかかる日、池の氷に目をやりながら、幼い娘との辛い別れに思いを馳せる明石君。白い衣々に包まれた風情、髪の具合、後姿などは実に上品である。身分は低いが、この上なく高貴な女君にも決してひけをとらない気品を感じさせるが、これも装束からくる清澄なイメージが一つの要因になっていよう。

また病と心労にやつれた宇治の大君の姿も印象的である。

白き御衣に、髪はけづることもし給はで、程経ぬれど、まよふ筋なくうちやられて、日頃に、

すこし青み給へるしも、なまめかしさまさりて、〈総角・四四九〉

白き御衣どもの、なよびかなるに……御髪は、いと、こちたうもあらぬ程に、うちやられたる、枕より落ちたる際の、つやつやとめでたう、をかしげなるも、〈同・四六一〉

前は匂宮と六君（夕霧の姫君）との縁談を耳にして、妹中君の向後を案ずる大君の様子で、白い衣裳に無造作に髪がかかり、憔悴した少し青い顔にそれが映えて一入高雅な美しさが漂っている。後は発病して遂に病状が重くなり、薫が見舞った折で、同じく白い衣に枕からこぼれた美しい黒髪がかかり、薫の無念を促進させている。

明るく快い彩りの調度、服飾が生命ともいえるような平安の女人絵巻のなかに、彩色を抑えた、単彩、無彩に向かう世界に、一般とは次元を異にする美の世界が静かに、そして端然と横たわっている。源氏物語の筆はそれをさりげなく表明しているようである。

喪服の美　白を基調とした色彩感の乏しい服飾をとりあげてみたが、さらに無彩の感が極まるのが黒あるいはそれに近い喪の装束である。源氏物語には人の死を扱う場面が多いが、当然、喪の装いについても種々言及されている。

喪服は現在は一般に黒一色であるが、当時は死者との血縁やかかわりの深浅、また没後の日数、月日等によって、黒またはそれに近い色の中で様々の濃淡があったようである。故人との縁、ゆかりが深い場合はより黒いものを用い、浅くなるにつれて薄い色になる。喪の色は鈍色《にびいろ》（グレー系）と呼ばれるが、濃き鈍色、こまやかなる鈍色等から薄き鈍色まで多様であった。またこの時代は葬儀の前後のみならず、没後の一定期間、四十九日から三ケ月、一年などの間、喪に服して、公用、外出をひかえる慣習があり、家庭内でも喪服を着用することが多かった。また衣服だけでなく室内調度や所持品（たとえば扇や文箱《ふばこ》など）もそれに準じた色を用いていた。喪服を脱ぎ平常の色の衣服を着ることを除服《じょふく》というが、葬儀の前後から除服までの間に、時間の経過とともに次第に薄い色に着がえていくことも一般的であった。

従って一口に喪服といっても均一の色合いではないが、喪の色に装われた女君たちの風姿が、常の華やぎの色々の場合とは異なった別種の趣をもって写し出されていることも多い。喪の装束は成人男女に限らず、幼い場合にも用いられていたが、たとえば、若紫がはじめて二条院に迎えられたときを見てみよう。前夜、何の予告もなく玉の館に連れて来られ、まさに泣き寝入りのような状況で夜を明かした早朝である。

やうやう起き出で給ふに、鈍色のこまやかなるが、うちなえたるどもを着て、何心なく、うち

笑みなどして居給へるが、いとうつくしきに、
〈若紫・一二九〉

朝の光の中に見出された二条院の光景は、この少女がこれまで見たこともない世界であったが、この豪華な舞台に突如押し出された無心の童女が身につけていたのは、あざやかな衣々ではなく喪服であった。しかもかなり色の濃いもので、仕立ておろしではなくやや着古した感も否めなかった。北山で源氏がはじめて若紫に出会ったとき、一緒にいた祖母の尼君がその後亡くなったためである。少女には不似合いの彩りであるが、幼少時より母代わりに育ててくれた祖母との絆を思い、乳母たちがことさら濃い色を着せたのであろう。しかし、この粗末な喪の装束に身を包んだ少女の姿は、華やぎの色の装いとは別の、あわれないじらしさ、愛らしさを漂わせ、源氏の心を惹きつけてゆく。

右は子供のことで美というよりかわいらしさ、いとしさが先にたつが、もっと成長した女君の場合はかなりの美的効果が期待される。たとえば、母女御の喪に服する皇女の姿である。

黒き御衣に、やつれておはするさま、いとどらうたげに、あてなる気色まさり給へり。
〈宿木・三四〉

帝の最愛の姫宮であるが、生母の喪中で濃い色の喪服に装っている。地味な装束が平生とはまた

異なる落ちついた高貴な気配を醸し出しているが、その美しさに満足気の父帝はいずれは薫を婿にと考えている。また、祖母を亡くした玉鬘を見ると、

　うすき鈍色の御衣、なつかしきほどにやつれて、例にかはりたる色あひにしも、かたちは、いと花やかに、もてはやされておはするを、

〈藤袴・一〇〇〉

　玉鬘ははじめ、世間には源氏の娘として紹介されていたため、内大臣家の姫君という素性が明かされたのはごく最近で、祖母（大宮）その人とも縁が薄かったため、うすい鈍色の喪服をつけている。同じく祖母でも若紫の場合は、早世した母に代わる深い絆で結ばれていたため、濃い色に装っているのであった。玉鬘は本来明るく華やかな容貌であったが、いつもとは違った抑えた色調の装いに、その風貌がかえって美しく映え、一段と容姿を引き立てているという。常の輝きとは別の次元に見出される趣である。

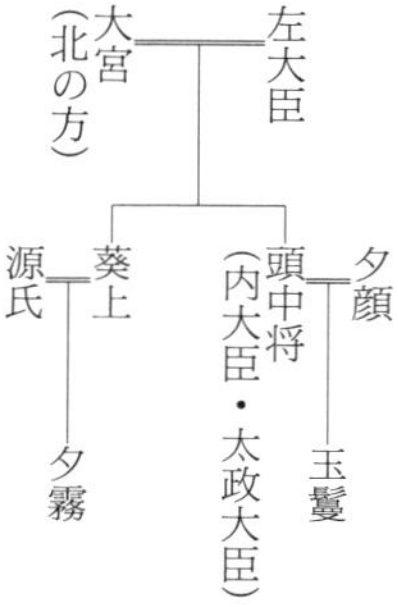

　次は姉妹の喪の姿である。父八宮が没した後の大君と中君の様子が、薫の視線を介して写されている。彼はものかげから二人を垣間見ていたが、まず妹の中君の方である。

濃き鈍色の単衣《ひとえ》に、萱草《かんざう》のはかまもてはやしたる、中々さま変わりて、はなやかなり、と見ゆるは、着なし給へる、人からなめり。〈椎本《しひがもと》・三七六〉

父子の絆の人一倍強い八宮家であるから、当然濃い鈍色であり、褐色の袴に黒い衣が映えて、日頃の衣装とは異なる不思議な風情が看取されるという。これは中君という生来明るく華やかな女君の所以で、陰鬱さなどとは別趣の喪服の美である。その点では前の玉鬘も同様であるが、これとは対照的なのが大君である。

黒き袷《あわせ》一かさね、おなじやうなる色あひを着給へれど、これはなつかしう、なまめきて、あはれげに、心苦しうおぼゆ。〈同・三七七〉

同じく濃い色に装っているが、これは奥深く静かな気品をそなえ、痛ましいような感触である。平生からの二人の個性の対照が喪の装いにも存分に生かされており、それぞれの香気が印象的に描出されている。

また喪服ではないが、出家したばかりの若い尼の姿も活写されている。小野の里の浮舟である。

薄き鈍色の綾、中には萱草など、澄みたる色を着て、いとささやかに、様体をかしく、今めきたるかたちに、髪は五重の扇を広げたるやうに、こちたき末つきなり。〈手習・三九九〉

薄い鈍色の僧衣に地味な色合いの袴、それに尼削《あまそ》ぎにした髪が肩のあたりに扇を広げたようにかかっていて、何とも言えない感がある。尼削ぎとは長い髪を肩のあたりで切りそろえることで、出家の女性の髪型であるが、幼児もそれにならっていた。浮舟の尼姿には暗さがなく、薄幸の女君には一つの救いといえようが、薄鈍の衣にまとわれた美しい姿を垣間見た中将の君（浮舟に思いをかけていた男君）は無限の無念をかみしめるのであった。

喪の色に装った女君たちの姿には常の彩りを越えて、静なる、いや聖なる世界に向かうような清艶な美学が招来されているようである。

華やぎの装束

男君たち

これまで女君たちの服飾について見てきたが、男君たちの場合はどうであろうか。

現代では男性のファッションもかなり多様化し、女性のそれに劣らぬ華やかさが見られるようであるが、実は平安時代は現代以上に男性の服飾は多彩、華麗であった。化粧や眉の手入れなども日常的に行われていたようで、平安絵巻の役者たちは女君たちのみではなかったので

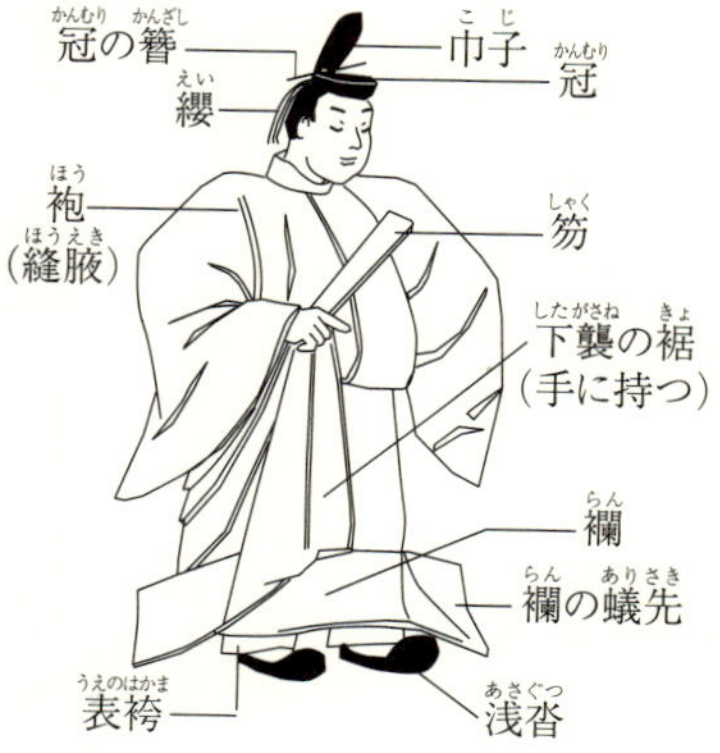

縫腋の束帯姿

ある。たとえば次の二人の男君たちの様子を見てみよう。玉鬘の素性を明らかにするため、源氏と内大臣（玉鬘の実父、以前の頭中将）が会見した折である。まず、内大臣であるが、

葡萄染《えびぞめ》の御指貫《さしぬき》、桜の下襲《したがさね》、いと長う尻ひきて、ゆるゆるとことさらびたる御もてなし、「あなきらきらし」と、見え給へるに、　〈行幸・七九〉

紫色の袴に桜がさね（表が白、裏が赤）の衣を着て、裾を長々と引きずり、大層格調高い装束で、「まあ御立派な」と思わずため息が出そうであるという。源氏との久々の対面で大いに気を遣った内大臣の精一杯の身づくろいが人目を引くが、一方の源氏は、

桜の唐《から》の綺《き》の御直衣、今様色《いまやう》の御衣ひきかさねて、しどけなきおほ君姿、いよいよたとへんものなし。　〈同・八〇〉

同じく桜がさねの直衣（平常服）に、当世風の朱色がかった衣を重ねて、ゆったりとくつろいだ姿が何ともたとえようもないほどだという。大君《おおぎみ》とは帝の皇子や孫たちで、正式の親王と認められない人々であるが、ここでは形式にとらわれず自由な服飾を楽しむ余裕のある意も含んでいる。あまりにも気を張った感じの内大臣に対して、リラックスした気配の源氏の姿に一入の魅力が看取されるのである。当時の男君たちの服装に対する用意、配慮、意識等がよく窺われるが、現代以上におしゃれであったということである。

こうした傾向は枕草子や蜻蛉日記など他の女流作品にも多様に辿ることができる。たとえば、蜻蛉日記を見てみよう。夫、兼家に対する妻（作者）の不満が来る日も来る日も告発されているようで、服飾方面などには無関心の感も否めない作品であるが、次のような記述も見えている。下巻、天延元年二月のある昼下がり、夫の急な来訪で戸惑いながら対面した後、帰り際の様子である。

わが染めたるともいはじ、にほふばかりの桜襲《さくらがさね》の綾《あや》、文《もん》はこぼれぬばかりして、固文《かたもん》の表袴《うへのはかま》つやつやとして、はるかに追ひちらして帰るを聞きつつ、

〈下・天延元・二二〉

作者は必ずしも兼家のよき妻であったとは言えないが、染色や裁縫という家政的手腕にはたけて

冠の纓《えい》

おり、彼もその才に期待すること大であった。新春や諸行事の折々にもまず彼女が兼家の装束を手がけることが多かったが、右もそれであり、自分が染めたからというわけではないが、とことわりながらも夫の華麗な装束に我知らず見入っている。多勢の供を連れ意気揚々と引き上げてゆく後ろ姿に、多少の羨望と違和感を覚えて我が身の老いを覚えざるをえないが、自らの染色手腕には満足しているようである。また兼家の弟、遠度《とおのり》についても男前ぶりが言及されている。作者が晩年迎えた養女に求婚するために遠度が来訪したときで、

例も清げなる人の、練《ね》りそしたる着て、なよよかなる直衣、太刀ひき佩《は》き、例のことなれど、赤色の扇、すこし乱れたるをもてまさぐりて、風はやきほどに、纓《えい》吹きあげられつつ立てるさま、絵にかきたるやうなり。〈下・天延二・三月・二三九〉

庭にいる遠度を屋内から御簾《みす》ごしに垣間見たものであるが、美貌の貴公子として名声の高い男君が、春風に赤い扇をかざし、冠の纓（後方にたれた細い部分）をなびかせた絵のような姿が好感をもって活写されている。

また、枕草子の中にも多彩な男君たちが登場するが、最も代表的な例としてあげられるのが頭中将斉信《ただのぶ》である。彼は清少納言のよき友で、文学、教養に秀でた風流貴公子であったが、宮中の定子の御殿に清少納言を訪ねたとき、

桜の綾の直衣のいみじうはなばなと、裏のつやなどえもいはずきよらなるに、葡萄染のいと濃き指貫《さしぬき》、藤の折枝おどろおどろしく織り乱りて、紅の色、打目《うちめ》など輝くばかりぞ見ゆる。白き、薄色など下にあまたかさなりたり。……まことに絵にかき、物語のめでたきことにいひたる、これこそはとぞ見えたる。〈七九段・一六三〉

桜がさねの花々とした直衣で裏地の衣のつやも見事で、そこに濃い紫の袴に藤の枝があざやかに染め出され、さらに赤や薄紫の色々が配されている。まさに粋を凝らした輝くばかりの装束で、「絵にかき、物語にめでたき男」といわれる、憧れのヒーローそのものの美男子ぶりに清少納言は酔い痴れるように、惜しみない拍手を送っている。

現代にもひけをとらない、いやそれをはるかに凌ぐ勢いで平安の男君たちは美麗な服飾に善美を尽くし、絵巻の立役者を演じていたのである。

巻纓　喪中で冠の纓が巻かれたもの

やつれの男君たち

華麗な絵巻の背後で、女君たちの中には華やぎの渦中から一歩退いた次元での美的感受が窺われたが、男君たちの場合はどうであろうか。源氏も夕霧も、そして薫も柏木も、いわゆる晴れの装いの他にも、女君たちと同様な風趣を写し出されることがある。

源氏は生涯にたびたび人の死を見送っているが、喪の装いも幾度となく語られている。成人した彼が実際に人の死にめぐり会ったのは夕顔のときであるが、世間的には非公認の女性であり表立って喪服をつけることはなかった。葵上との死別がはじめての服喪の折であり、たとえば次である。

無紋《むもん》のうへの御衣に、鈍色の御下襲《したがさね》、纓《えい》巻き給へるやつれ姿、華やかなる御よそひよりも、なまめかしさ、まさり給へり。〈葵・三五五〉

当時の慣習では、夫に対する喪よりも妻に対するそれの方が軽く扱われていたようで、源氏も上着は黒ではなく地模様のない地味な生地のもので、下の衣が鈍色である。それに喪の礼にならって冠の纓を巻き上げたやつれ姿が、平生の彩りゆたかな衣々の装いよりかえって奥ゆかしい気配を漂わせている。「纓を巻く」というのは冠の後方に細長く垂れている部分を、喪中の場合は内側に巻いて止めて短くすることをいう。ちなみに「やつれ姿」とは今でいう、痩せ衰えて憔悴したという意ではなく、衣服や装飾などを通常よりひかえめに地味なものにすることである。喪中でなくとも、高貴な人が人目を忍んで粗末な着物や乗り物で出かける場合にもいう。

また、朝顔の巻で源氏が叔父の喪に服しているとき、朝顔の姫君（叔父の娘）を見舞うために身づくろいしている姿を見ると、

鈍たる御衣どもなれど、色あひ、かさなり好ましく、なかなか見えて、雪の光に、いみじく艶《えむ》なる御姿を、見いだして、〈朝顔・二五七〉

鈍色の衣々であるが、何枚かの衣の鈍色の濃淡のかさなり具合、色合いが雪の光に映えてその姿をより美しく上品に見せている。源氏は久しく朝顔の姫君に思慕の念を抱いており、父宮の死を機に、弔問を口実に彼女のもとを頻繁に訪れていたのである。右はある夕暮れ、それを見送る紫上の視線を通したものであるが、夫と朝顔との噂に胸を傷めながら、喪服姿の源氏の魅力に負けるように、「もしこのまま彼が帰って来ないようになったら」と辛い思いをかみしめている。華やぎからそれた源氏の装いはそれほど紫上の心眼に迫ったのである。さきにも述べたが、「艶なり」とは現

代でいう色っぽい、つやっぽい等の意ではなく、しっとりとした優雅な美しさを言い、「なまめかし」も同趣である。

次に源氏以外の男君であるが、まず夕霧である。祖母大宮の服喪中で、さきに見た喪服姿の玉鬘を訪れたときを見てみよう。この時すでに玉鬘の素性は明かされており、はじめは異母姉と思っていた人が実は姉ではなかったと知って、夕霧の心中は複雑なものがあった。

宰相の中将、おなじ色の、いま少しこまやかなる直衣姿にて、纓巻き給へるすがたしも、また、いとなまめかしう清らにて、おはしたる。〈藤袴・一〇〇〉

玉鬘は薄い鈍色であったが、同じ祖母でも生後直後からその慈愛を一身にうけて育った夕霧は濃い鈍色で、纓を巻いた姿がやはり「なまめかし」と評されている。そうした夕霧を前にして、一方の玉鬘もいかなる思いであったろうか。そして宇治の薫を見ると、

御叔父の服《ぶく》にて、薄鈍なるも、心の中にあはれに、おもひよそへられて、つきづきしく見ゆ。すこし面痩《や》せて、いとど、なまめかしき事、まさり給へり。〈蜻蛉・二九〇〉

これは浮舟を失った後である。正式の妻でもない浮舟のために喪に服することもできないが、たまたま叔父が没したため薄い鈍色の装束であった。浮舟への追慕の念にくれる薫にとって偶然の好機となり、薄い色ではあったが彼女の喪に服しているようで、内心救われる思いであった。彼は浮舟が入水したことを知らされていたが、横川僧都に助けられたことはまだ知る由もなかった。傷心のために面やせた薫に薄墨《うすずみ》の衣はよく似合い、なまめかしい風情を恣に見せている。

また、立場上実際に喪服を着ることができなくとも、服喪やつれした趣を辿ることもできる。たとえば源氏であるが、夕顔を失った折を見ると、

いといたく面やせ給へれど、なかなかいみじくなまめかしくて、ながめがちに、ねをのみ泣き給ふ。〈夕顔・一六四〉

また大君を失ったころの薫を見ると、

いといたうやせ青みて、……ねをのみ泣きて、日数経にければ、面《おも》がはりのしたるも、見苦しくはあらで、いよいよ物清げに、なまめいたるを、〈総角・四七〇〉

ともに妻とはいえず（夕顔は身分が低く、人目を忍ぶ仲であったし、大君は身分は高いがまだ結婚以前であった）表立って喪に服することはできない。源氏はその後久しく夕顔を失った悲しみのため病床に臥し、一方の薫も四十九日の間宇治に籠って亡き人の霊を慰めている。源氏も薫も一筋に故人を思い憔悴した姿で、恐らく衣服も地味な質素なものであったろうが、それがかえって高貴な不思議な魅力を醸し出している。薫の場合は匂宮の視線が介されているが、色好みの匂宮は、もし自分が女であったなら必ず薫に慕い寄りたい思いにかられるだろうと、その風姿に幻惑されている。源氏物語に登場する貴公子たちは晴れの装束の輝きとともに、それとは異質な趣にもより深い魅力が喚起されているのである。

髪の美

再び女君たちに目を向けてみよう。源氏物語絵巻や枕草子絵巻など平安絵巻を見ると、女君たちの髪が印象的に描かれている。紫式部日記絵巻の中宮御産の段には、白一色の装束や室内調度を背景に、黒髪の流れが一際鮮やかであるが、髪は女の命、という言葉がまさに生きていた時代である。

当時の女性たちは幼児期（四、五歳前後）から髪をのばしはじめ、一般的には生涯短く切ることはなかった。ごく幼少のころは今でいうおかっぱ頭で肩のあたりで切りそろえていたが、次第に長くのばしてゆき、時々先端を少し切りそろえて毛先の活性化をはかっていた。髪の状況は女性の美の大切な要件であったが、質、量、色、光沢などいくつかの条件を満たすことが必要であった。黒く、長く、つやがあり、量が豊富であること、そして先端が扇を広げたようにふっさりとしているのが理想であった。無論、源氏物語や他の王朝作品に登場する女君たちはこれらの要件を満たしている場合が多々認められる。若紫の少女時代、源氏は彼女の髪を時々自分で削いでやっているが、あまりに多くて削ぎにくく困ってしまうと愚痴をこぼしている。また、北山ではじめて出会ったときも扇を広げたようなゆらゆらとした少女の髪の美しさが印象的に綴られ、祖母の尼君もあまりの多さをもて余している。末摘花などはいわゆる美麗な姫君とは全く無縁の人であるが、それでも、

頭つき、髪のかかりばしも、「美しげにめでたし」と、思ひきこゆる人々にも、をさをさ劣るまじう、袿《うちぎ》の裾にたまりて、引かれたるほど、「一尺ばかり余りたらむ」と見ゆ。

〈末摘花・三五七〉

とあり、容姿、容貌は別にしても、髪だけは理想の女君たちに決して劣ることはないと讃えられている。

ところで、右のような質、量ともどもにうち揃った髪に対して、いささか異なったものも美的評価の対象になっていることがある。それは諸々の心労や苦境により、量が少し減少したり、長さが

不足したりする場合でも、それが見苦しく見えるのではなく、たっぷりとした充実した髪とはまた別の美感が看取されるものである。たとえば、さきに明石から帰京した源氏と紫上が再会した場面をあげたが、もう一度その時の紫上の様子を見てみよう。

女君も……いとうつくしげにねびととのほりて、御物おもひの程に、所せかりし御髪の、少しへがれたるしも、いみじうめでたきを、〈明石・九四〉

久々に目にした紫の君はすっかり成長し、名実ともに源氏の妻、女君として落ち着いた風格をそなえていたが、髪の量が少し少なくなっている。あれほど豊かで削ぐのに苦労したほどの黒髪が、久しい物思い、別離の悲しみと苦しみのせいであろうか、さらりとした感じで肩にかかっている。が、その少なめの髪がかえって清冽な心惹かれる風趣を醸成しているのである。源氏の視線はしかとそれを捉えている。それは二人の共有した苦難の時間のあかしともいえる髪の量なのであった。

また玉鬘についても類例を見ることができる。薄幸の前半生をようやく乗り越えて、六条院に迎えられた頃、かつての漂泊の旅の日々の記念のような髪の描写が認められる。新春の日、年始の挨拶に各夫人方を訪れた源氏は玉鬘の御殿に立ち寄り、新生活も安定して華やかに装った今姫君の姿に満足の極みであった。玉鬘に年末に贈った明るい彩りの衣がよく映えているが、

「あな、をかしげ」と、ふと見えて……匂ひきらきらしく、見まほしきさまぞし給へる。もの思ひに沈みたまへるほどのしわざにや、髪の裾、すこし細りて、さはらかにかかれるしも、いともの清げに、

〈初音・三八一〉

まあきれいと思われる輝くような姫君も、九州での苦しい時代の心労のせいか、髪の末が少し少なくなっている。さらりとした感じで華やかな衣にかかっているが、あっさりとした感触があり余るような充実感とは別の清やかな美感、あわれな魅力を看取させるのである。

六条院の女君たちのなかでも明石君は冬の御方と呼ばれている。それは住まいが北西の敷地にあったこともあるが、それとともに、幼い一人娘と引き離され、身分の低さゆえに日陰の花のようにひたすら堪えて、陰ながらわが子の成長を祈るという苦悩と孤独の日々を送っていたゆえでもある。この冬の呼び名にまさに呼応するような髪の描写が認められる。前例と同じく初音の巻、源氏が年頭の挨拶に訪れたときである。年末に明石君には白地の上品な衣が贈られていたが、源氏が女君たちの衣を選ぶとき同席していた紫上は、「思いやりけだかきを」（源氏が明石のために衣を選ぶとき、上品さ、気高さを重んじていることを）快からず思っていた。内心、嫉妬の念を禁じえなかったのである。予想通り、源氏の選んだ新調の衣は明石君に実によく似合い気品高く美しかったが、その

時、次のように記されている。

しろきに、けざやかなる髪のかかりの、すこしさはらかなるほどに薄らぎにけるも、いとどなまめかしさ添ひて、なつかしければ、「あたらしき年の御さわがれもや」と、つつましけれど、こなたにとまり給ひぬ。〈初音・三八三〉

白い衣裳に黒髪がくっきりとかかっているが、少し量が少なくなり、はらりとした感じである。それがかえって静謐な香気を漂わせて魅力的なのである。源氏は明石君への愛執黙《もだ》しがたく、新春早々の外泊は紫上方の人々の厳しい視線を浴びることを十分承知しながらも、その夜、冬の御殿に泊まってしまうのである。

また同じ様な髪で、黒い衣との組み合わせも見出される。前引の大君の喪服姿をさらに追ってゆくと、

黒き袷《あはせ》一かさね、……なつかしう、なまめきて、あはれげに心苦しうおぼゆ。髪、さはらかなる程に、落ちたるなるべし、末、すこし細りて、色なりとかいふめる、翡翠《ひすゐ》だちて、いとをかしげに、糸を縒《よ》りかけたるやうなり。〈椎本・三七七〉

濃い鈍色の衣に身を包んだ大君の姿は、薫に理想の女人としての思いをたしかにさせるが、さらにみどりの黒髪が、少し量が少なくなり、あっさりとして裾が少し細くなっている。それが黒い衣にかかった風情は、彼の胸中に大君への永遠の思慕の念をより深く刻印させることになる。

充実した、完全な状態に対する憧れや美の認定は当然のことであるが、それとはやや趣を異にする次元での美的感受、美の発見も源氏物語の美意識の要因、特質であろう。ここに見る髪の美もその一つであるが、これは美学の問題だけではなく、源氏物語という作品の本質、思念、志向を考える上での何らかの指標ともなるであろう。

（二）　自然と人間

自然の風姿　咲き匂う春の花々、緑もゆたかにしだれる柳、王朝の絵巻には春爛漫の背景がよく
春の愁い　似合っている。無論、源氏物語も例外ではない。

二月の十日、雨すこし降りて、御まへちかき紅梅、さかりに、色も香も、似る物なきほどに、〈梅枝・一六一〉

故《ゆゑ》あるたそがれ時の空に、花は去年《こぞ》の古雪思ひ出でられて、枝もたわむばかり咲き乱れたり。〈若菜下・三四三〉

わずかな雨にしっとりと濡れ、春の匂いを恣に咲き乱れる紅梅の花、春の夕ぐれ、枝も折れぬばかりに咲きほこる白梅の枝、そして、

こなたかなた霞あひたる梢ども、錦をひきわたせるに、……色をましたる柳、枝を垂れたる、花もえも言はれぬ匂ひを散らしたり。〈胡蝶・三九六〉

春霞のなかに錦を織るように咲き競う色とりどりの花と、一際色あざやかな若い柳の緑、明るい花の季節の風情が存分に尽くされている。

枕草子は源氏物語以上に春のよろこびの季節がとりあげられ、春の文学、青春の文学とも呼ばれている。折にふれ、うらうらと、うららかな、と暖かい春の陽ざしが舞台にあふれるような光彩を投げかけ、その中に平安と至福を満喫している人々の姿が活写されている。

勾欄《こうらん》（御殿の廊下の手すり）のもとに青き瓶《かめ》の大きなるをすゑて、桜のいみじうおもしろき枝の五尺ばかりなるをいと多くさしたれば、勾欄の外まで咲きこぼれたる昼つ方、

〈二一段・九〇〉

春たけなわの昼下がり、宮中の御殿の外廊下の隅に、大きな青い花瓶に五尺ほどの桜の枝が生けられている。約一・五メートルほどの大枝で、満開の花が縁側の外まで咲きこぼれているが、そこに次々と美しい衣々に装った人々が登場して、まさに豪華な彩りの春である。そこに集う人々は、そしてそこに展開される物語や事柄は明るい幸いに満ちたもので、折からの自然背景とよく見合っているが、これはさきにあげた源氏物語の事例の場合にも同じである。明石姫君の入内のころや、

六条院落成後まもない平穏な春の日々などで、源氏栄華の代表的巻々である。が、この物語の陽春の記事にはもう一つの顔が隠されていることも多いのである。それは外界の華やぎと極めて対照的な人間の内奥が秘められている場合である。

一般に自然や背景が晴れやかなとき、人の心もそれに似合って快いが、心内に深い愁いや悲しみを抱えているとき、周囲の明るさや華やぎが逆にむなしく、より深い孤独感や哀感を促進させることもある。源氏物語にはそうした春の物語も多様に語られているのである。

たとえば人の死とのかかわりであるが、物語に多くの死が語られるなかで、概ねは秋から冬に人が没し、残された人々は悲しみのなかに喪の日々を送り、年を越えて早春を迎えるというケースが多い。めぐり来る春によろこびを覚えるのが普通であるが、傷心の身にとっては自然の命の再生は、亡き人の再生不可能の現実を実感させ、無念の思いを極めさせる。春は戻り、花もみどりも甦っても、あの人は決して戻ってはこない、そんな思いが生々しく胸に迫るのである。

たとえば源氏の胸内深く真実の愛を捧げ尽くした藤壺の場合を見てみると、ただしその死は秋ではなく早春のころであったが、没後まもなく迎えた桜の開花は源氏にとってむなしい輝きそのものであった。

二条院の御前の桜を御らんじても、花の宴のをりなど、思し出づ。「今年ばかりは」と、ひとりごち給ひて、人の見咎めつべければ、御念誦堂にこもりゐ給ひて、日一日、泣き暮らし給ふ。
〈薄雲・二三一〉

自邸二条院の桜が例年に変わらず美しい色を染めても、心は晴れることなく、ひたすら藤壺への追慕の念に昏れている。久しい以前、桜の宴でともに過ごした春を思い、思わず「今年ばかりは」と口ずさんでしまう。「今年ばかりは」は有名な和歌の一節を引用したもので（引歌《ひきうた》という）、友人の死後はじめて迎えた桜のころに、故人を偲んで詠まれたものである。それは、

深草の野辺の桜し心あらば
今年ばかりは墨染に咲け
〈古今集・哀傷・上野岑雄〉

という歌で、深草の里（京都の郊外）の桜よ、もしおまえに人の心がわかるならば、あの人が亡くなって悲しみにくれている私のために、せめて今年だけは墨染の色（喪の色、グレー）に咲いてくれないか、という意味である。その第四句目を引いて藤壺を送った悲しみをあらたにしているのである。源氏は継母の死に臨んで、あまりに動揺している様子を人に感づかれることを恐れて、一日中、念誦堂（貴族の邸内のお堂）に籠もって泣き暮らしていたのである。

それでは紫上の場合はどうであろうか。彼女は秋に没しているが、悲哀の極みの厳しい季節を越えて迎えた春は、やはり源氏に無限のわびしさをもたらしている。

二月になれば、花の木どもの、盛りなるも、まだしきも、こずゑをかしう、霞みわたれるに、かの御形見の紅梅に、うぐひすの、はなやかに鳴き出でたれば、たち出でて御覧ず。

植ゑて見し花のあるじもなき宿に知らず顔にて来ゐるうぐひす

と、うそぶきありかせ給ふ。〈幻・二〇〇〉

春深くなりゆくままに、御前の有様、いにしへに変らぬを、めで給ふかたにはあらねど、しづ心なく、何事につけても、胸いたう思さるれば、……山吹などの心ちよげに咲き乱れたるも、うちつけに露けくのみ、見なされ給ふ。〈同〉

季節はめぐり、色々の花がほころび、紫上が生前ことに愛した紅梅も咲いている。初うぐいすが愛らしい声で鳴くのにさそわれて庭先に出てみると、ふと静かに歌が口ずさまれてくる。この庭の花を植えて愛した人もいなくなったのに、それも知らずにうぐいすはまたやってきて鳴いてくれている……。

そしてさらに春も深まり山吹や初夏を待つ花々が咲き乱れると、胸のいたみはより募るばかりであった。華麗な自然の絵模様によろこびや幸せを覚える一方で、人々の心の内奥とのギャップに深い思いを致して、もう一つの春のあり様を辿ろうとするのも源氏物語の方法であったといえようか。

自然の風姿

秋の悲しみ

季節や時間は決してとどまることはなく永遠に移ろい続けてゆく。華やぎ、さかりの季節の次には消え、滅びの時がめぐってくる。四季折々の自然の風姿の各様を存分にとり込んでゆくのは王朝女流の筆の冴えの見せ所でもあった。

それでは四季の中でどこに力点が置かれているのか、あるいはいずれの季も均等にとり扱われているのか。それは作品、作者により様々であろうが、たとえば源氏物語と枕草子を比較した場合に明らかな相違点に気づかされる。それは枕草子が春から夏のいわゆる陽の季が比較的多いのに対して、源氏物語は逆なのである。紫式部日記は初秋の起筆であるから、秋から冬の記事が多いのは当然としても、源氏物語にはそうした制約がないにもかかわらず、圧倒的に冷え、枯れた自然の背景が使われることが多い。

この物語には人との別れ、生別、死別ともに、を扱う場面が繰り返し語られているが、かなり多くが秋から冬の自然を写したものである。概ねは色の少ない枯れ枯れな景物が配され、登場人物たちの心象とよく見合っているが、源氏物語の大きな流れにかかわる場面の多くはそうした自然を主な舞台にしていると言っても過言ではない。

たとえば源氏の若き日、はじめての別れ、生別の体験ともいえる空蟬との別離の時を見てみよう。夏にはじまった恋であったが、人妻としての身の定めの自覚から、心内では彼を愛しながらも所詮拒絶するしか道のなかった空蟬は、まもなく老夫とともに任国の伊予《いよ》（今の愛媛県）に下ることになる。それは初冬のある日であったが、前にもふれたが、立場上、見送りに出ることもできない源氏は万感の思いをこめて別れの歌を贈っている。その歌にはあの空蟬の夏衣が添えられていた。

（八一頁参照）

逢ふまでのかたみばかりと見し程に
　ひたすら袖の朽ちにけるかな

〈空蟬・一七四〉

今日ぞ、冬立つ日なりけるもしるく、うちしぐれて、空の気色、いとあはれなり。ながめくらし給ひて、

〈同〉

すでに秋も暮れはて今日は立冬であった。冬の訪れにふさわしく時雨にぬれて、どんよりとした寒空が身にしみるようで、源氏は一日中何も手につかず物思いにふけっていた。

六条御息所との別れも彼の人生のなかで忘れがたいものであった。葵上との車争い、物の怪事件以来、源氏との愛の限界に悩みぬいた御息所は、娘とともに伊勢に去って行くことを決意する。物の怪にまでなった女の愛の執念をうとましく思いつつも、別れに臨み彼の心内は複雑であった。が、意を決して野の宮に別れの挨拶に赴くのである。野の宮とは京都の郊外の嵯峨野にあった聖域で、伊勢の斉宮になる人が一定期間籠もり、精進潔斉して身を浄める所で、現在は野の宮神社となっている。当然、俗界の人の立ち入りは遠慮すべきであったが、源氏は無理に訪問を申し入れ、御息所もしぶしぶ承知したのである。互いに別れがたい事情があった所以である。折から晩秋の秋風が吹き荒れるころであった。

六条御息所に別れの挨拶をしに行く源氏

はるけき野辺を、分け入り給ふより、いと物あはれなり。秋の花みな衰へつつ、浅茅が原も、かれがれなる虫の音に、松風すごく吹合はせて、そのこととも聞きわかれぬ程に、ものの音ども、たえだえ聞えたる、いと艶なり。〈賢木・三六八〉

晩秋の枯野・小野の里

京の市街地から一歩嵯峨野に歩を踏み入れると、一気に晩秋の気が漂いわびしさも一入である。色とりどりに咲いていた秋の草花もみな色を失い、一面に生い茂った枯れ枯れな雑草の中から、すでに勢いをなくした虫の声がとだえがちに聞こえてくる。どこからか、恐らく野の宮からであろう、何の楽器かは定かでないが、かすかな管弦の調べが聞こえてくる。激しい松風の中に雅な楽の音を配して、嵯峨野の秋はえもいわれぬ哀感と香気を偲ばせ、荒涼とした自然のなかに高貴な女人との愛の終焉が象徴的に示されているようである。

　こうした別れの悲しみは源氏の他の男君たちにも経験されており、たとえば夕霧や薫などである。父の源氏とは対照的に極めて実直な夕霧は女性問題などからはほど遠く、幼な恋を成就させて結ばれた妻、雲井雁と平穏な家庭生活を築いていた。が、中年期に至ってはからずも方向転換を余儀なくされることになる。親友であった柏木の未亡人、落葉宮への思慕が高揚し、生真面目な夕霧は一方的に彼女に愛を求めてゆくが、相手は困惑するばかりである。そんな折、夕霧と娘の落葉宮の不謹慎な噂に心痛めた一条御息所（落葉宮の母）は静養先の比叡山の麓、小野の山荘で没し、夕霧は弔問に訪れるが、宮は会おうともしなかった。旧暦九月の中旬で、秋深い野山の気色はそれほど物のあわれを知らない人でも哀愁を誘われる体で、傷心の夕霧には万感迫るものがあった。

山風に堪へぬ木々のこずゑも、峰の葛葉も、心あわただしう、あらそひ散るまぎれに、たふとき読経の声かすかに、念仏などの声ばかりして、人のけはひ、いと少なう、木枯の吹きはらひたるに、〈夕霧・一三六〉

激しい山風に堪え切れず、ばらばらと先を争うように舞い散る木の葉の嵐に、近くの寺の読経の声が響き合い、人里はなれた地に木枯の吹きすさぶ蕭々たる景観である。晩秋の野のただ中にあって、母を亡くした悲しみに身を沈める落葉宮に対して、ひとえに慕情の念にくれる夕霧であった。また、大君を失い、つれづれと宇治の山荘に籠もる薫を包む自然も厳しいものであった。

雪のかきくらし降る日、ひねもすにながめ暮らして、世の人の、すさまじきことにいふなる、十二月の月夜の、曇りなくさしいでたるを、簾垂《すだれ》巻きあげて見給へば、向ひの寺の鐘のこゑ、枕をそばだてて、「今日も暮れぬ」と、かすかなる響きを聞きて、〈総角・四六五〉

喪服も着られぬままに大君の喪に服す薫であるが、激しく降り積もった雪の夕空に、荒涼たる十二月の月明が輝き、対岸の寺から響く鐘の音がより感慨を促催させる。

朝顔の巻で、源氏は紫上を相手に自身の好尚、美意識などを語るなかに、十二月の月についてふれている。それは、寒々と凍りついたような月光には心打たれるものがあり、厳しく澄み透る光に身も心も洗い流されるようだ、というのである。その時、この十二月の月を「すさまじきもの」（興ざめなもの、つまらないもの）と馬鹿にしている人がいるが、何と愚かなことかと一言皮肉を付け加えている。これは清少納言を意識してのことともいわれるが、現存の枕草子「すさまじきもの」の段には師走の月の記述は見えていない。ただ、古注釈のなかには枕草子のなかにそうした記載があったという説も見えている。

それはともかく、源氏にとって厳寒の色のない世界に冴え冴えとした光を放つ月光の趣は、極めて心惹かれるものとして捉えられているのである。

源氏物語にはこの他の季節についても四季の営みが諸々に扱われていることは言うまでもないが、冷え冷えとした厳しい、消え、滅びに向かうような状況のものにことに関心が深いことはたしかである。これはさきに見た人間の諸相の扱いとともにこの作品の、そして作者の、志向、美意識のあり様を多分に窺わせるところであろう。

水鳥の愁い

紫式部が宮廷生活に違和感を覚えていたことはこれまでもたびたび述べたところであるが、常に心が定まらず空疎な念を抱くことを余儀なくされたような式部にも、栄華に満ちた現実世界にふと陶酔し、我を忘れるような間隙もあったようである。日記の冒頭近く、彰子の出産を前に緊迫した空気の漂う道長邸で、女主人の姿を写しながら次のように記している。

御前にも、近うさぶらふ人々、はかなき物語するを聞こしめしつつ、なやましうおはしますべかめるを、さりげなくもてかくさせ給へる御ありさまなどの、いとさらなることなれど、憂き世のなぐさめには、かかる御前をこそたづね参るべかりけれと、うつし心をばひきたがへ、たとしへなくよろづわすらるるにも、かつはあやし。〈寛弘五・秋・一一〉

初秋の風情のたちこめる邸内は慶事の期待にわきたち、注目の的である中宮彰子は自室で女房たちの世間話に耳を傾け、静かな時を過ごしている。出産間近で気分のすぐれない折でもあろうが、周囲に心配をかけまいと、さりげなく振る舞おうとする彰子の配慮に式部は感じ入り、このような方のおそばにあると不思議に心安らぎ、日頃の身の憂さも忘れるようだという。主家の繁栄を記しとどめるという、半ば公的な記録をつくる者としては、女主人を讃美することは当然の任務ともいえるが、一概に主家への追従、社交儀礼とも言い切れない本音も窺われるようである。すなわち、宮仕えは嫌だ嫌だという内心の矛盾をかかえながらも、明るく心楽しい周囲、環境、外界とふと迎合してしまう自身の弱さもあり、そうした安逸の境地に心弱くも身を委ねることの快さと歯がゆさが交錯しているのである。

日記中の述懐のなかには、日常生活のなかに不断につきまとう不如意の念、内奥の葛藤を綿々と記す一方で、さりとて宮廷から実家に里下りしてみても、自宅に戻ったという安堵感よりもより孤独感が増し、身の置所もないような不安感に苛まれることがあると告白している。そしてかえって宮仕え先でのあたりさわりのない人々とのそれなりの交遊の和の方が、恋しくなつかしく思われるのは何とも意外なこと、と自分で自分を訝《いぶか》っている。

ただ、えさらずうち語らひ、すこしも心とめて思ふ、こまやかにものをいひかよふ、さしあたりておのづからむつび語らふ人ばかりを、すこしもなつかしく思ふぞ、ものはかなきや。大納言の君の、夜々は御前にいと近うふしたまひつつ、物語したまひしけはひの恋しきも、なほ世にしたがひぬる心か。〈五八〉

本来、現実、世俗に対して背を向けるべき自らの理性、習性とはうらはらに、「世にしたがひぬる心か」（世間に気安く迎合してしまうわが心なのか）と、現実生活に妥協してしまう、いやそうせざるをえない自らがうらめしくも無念にも思われるのである。が、大納言の君や小少将の君のような良友に恵まれ、周囲と親愛関係を築くことができたことは、式部にとって大きな救いであり、宮仕え生活の貴重な財産ともなったことはすでに述べた通りである。

このように現実、外界と心ならずも協調し、謙虚、謙遜の姿勢を崩さず、周辺に波風の立たないよう配慮しながら宮廷生活を続けてゆくのであるが、心の内側の苦しみからの解放を求めれば求めるほど、現実を凝視する覚めた視線は消えることはなかった。

いかで、いまはなほもの忘れしなむ、思ふかひもなし、罪も深かなりなど、明けたてばうちながめて、水鳥どもの思ふことなげに遊びあへるを見る。

水鳥を水の上とやよそに見む
　われも浮きたる世を過ぐしつつ

かれも、さこそ心をやりて遊ぶと見ゆれど、身はいと苦しかんなりと、思ひよそへらる。
〈寛弘五・十月・三八〉

周囲の繁栄、華やぎの気にそれなりに順応して生きようとしながらも、またそうした自身が嘆かわしく不如意な内面世界へと引き戻される、その繰り返しなのである。庭園の池に群れる水鳥が気楽そうに水の上を飛び遊んでいるが、表面はいかにも楽しげでも実際には苦しいことも多かろう。それは自分とて同じこと、私もあの水鳥のように心の悩みをかかえながら、それを表に出さずに、浮わついた宮仕え生活を送っている。それは根のない草のようではないか、何とはかない、たよりないことか。

ちなみに晩年の紫上も、実家の後ろ盾もなく、源氏の愛のみにすがって生きる寄る辺のないわが生涯を、根のない浮草のようだと嘆息している。

出産後、道長邸で静養していた中宮彰子と若宮を見舞うため、十月のある日、一条帝の行幸があったが、帝を迎える晴れやかな行事を記すなかに、式部の筆は次のような場面をとりあげている。帝の乗った輿《こし》（祭のみこしのように、貴人を乗せてかつぐ乗り物）が邸内の建物のそばに下ろされるときである。

御輿迎へたてまつる船楽いとおもしろし。寄するを見れば、駕輿丁《かよちょう》の、さる身のほどながら、階よりのぼりて、いと苦しげにうつぶしふせる、なにのことごとなる、高きまじらひも、身のほどかぎりあるに、いとやすげなしかしと見る。

〈寛弘五年十月・四〇〉

池に浮かべた船の上で奏でられる歓迎の音楽に合わせるように、輿が下ろされた時、駕輿丁《かよちょう》（輿をかつぐ人）たちが苦しそうに身を伏せている。それを見た式部は、帝をはじめ道長や超一流の人々とかかわる仕事をしていても、身分の低い者にとってはとてもつらいことだと思わずにはいられない。それはかく言う自分も同じであって、駕輿丁たちのあの苦しげな様子は決して他人事ではない。本来の自分とは不似合いな、高貴な勢い盛んな人々の集う場に置かれたわが身のはしたなさ、疎外感・孤絶感を痛感するばかりである。

栄華の渦中にありながら、いかにしても自らを完全に順化、同化させることができず、一歩退いた次元から空疎で冷徹な視線を向けざるをえないことは、紫式部という人の宿命でもあり、清少納言とは決定的に異なる想念でもあった。

仏への思い

菅原孝標《すがわらたかすえ》の娘（更級《さらしな》日記の作者）は幼いころから源氏物語に憧れ、あまりに熱中するため仏道修行には関心が薄かったという。そのころは源氏物語が出来てからしばらく後で、末法《まっぽう》注(1)思想の流行もあって、若い時代から読経や念仏などの修行を行う人々が多かったのである。末法思想とは釈迦が没して千五百年経つこの時代、仏の救いが望めなくなるというもので、人々は勤行に励んだが、孝標の娘は物語に熱中していた。しかし後年、やっと厳しい現実というものに目覚めた彼女は寺社への物詣でを頻繁に行うようになり、最終的には阿弥陀仏の来迎《らいごう》（浄土からのお迎え）をひたすら待つ境地に至るのである。無論、物語への夢、物語にあるような女の幸いへの願望を捨てきれたわけではないが、日記の終わり近く、夫も亡くなり孤独な老いの境涯を送るなかに、仏の救いを期待させるような夢を見てはそれを無心に信じる日々であった。その夢とはある夜、庭先に金色に光り輝く阿弥陀仏がすっくと立って私を招いておられた、そして、今日はこのまま帰るがいつか必ず迎えに来ましょう、と言ったというのである。単なる夢と言ってしまえばそれまでであるが、孝標の娘は齢《よわい》約五十歳近くになって、その夢の実現を願いかつ信じて身の平安を覚えているのである。それは仏の救いのある、いやそれを信じられる人生のしめくくりということもできようか。

それでは紫式部の場合はどうであろうか。菅原孝標の娘にかぎらず清少納言も和泉式部も道綱母も、当時の女流作家たちのいずれもが一様に仏の道を信じ、物詣でにもよく出かけている。無論、源氏物語の登場人物たちも深い信仰心をもって造型されている場合が多々見出される。光源氏も物語中で出家こそしていないが、若い頃から出離願望が強く、朱雀院や藤壷、六条御息所、女三宮など主要人物たちの多くも落飾している。紫上は再三再四出家を懇願したが、源氏に反対されて本懐を遂げることはできなかったが、思いは同じであった。そして、薫、八宮、大君、浮舟など、宇治世界の人々に至ってはことにその傾倒は強まり、源氏物語は仏の道を模索、希求しての長い長い道のりの果てに、浮舟の出家をもってその幕を閉じる、と言っても過言ではないかもしれない。

しかし、この物語の最終テーマを語るべく造型されているともいえる、宇治のヒロイン浮舟の言動のなかに、いささか気になる感触を伴うところが見出される。それは彼女が横川僧都一族の庇護を得て比叡山の麓、小野の里に移ってしばらくしてからのことである。春のはじめ、初瀬詣での帰路に、亡きわが娘の身代わりのようにして浮舟とめぐり合った妹尼は、その御礼参りをかねて秋のころ再び初瀬に赴くが、その時、浮舟にも同行するよう勧めている。が、彼女は体調不良を口実に応じなかった。実際の理由は、それほどよくも知らぬ人々と遠い道のりを旅することが苦痛であったこともあるが、それだけではなかった。それは浮舟のこれまでの厳しい人生体験に基づいてのことであった。妹尼の誘いに対して、彼女は内心次のような苦い思い出を辿っていたのである。

昔、母君、乳母などの、かやうに、言ひ知らせつつ、度々詣でさせしを、かひなきにこそあめれ。命さへ心にかなはず、類《たぐひ》なき、いみじき目を見るは。　〈手習・三七七〉

「あなたも初瀬にお参りすればきっと御仏の御利益がありますよ」、と妹尼から同行を促されたとき、昔、自分の母や乳母が同じようなことを言ってたびたび参詣させたが、自分には何の幸いも得られなかった。遂には自らの命を捨てることさえままならず、世に比類ない辛酸をなめるはめになってしまった……。浮舟は以前も何度か母親や乳母たちの勧めで開運祈願に初瀬に詣でており、その行き帰りに八宮家の宇治の山荘に立ち寄っていたのである。

それではここで浮舟は仏の救済を信じず、仏道を否定しているのであろうか。いや決してそうではあるまい。その証拠ともいうべく、この直後に、すなわち妹尼たちが初瀬に出向いた留守中に、たまたま下山して小野を訪れた横川僧都の慈悲の手にすがって、出家本懐を遂げているのである。以後、浮舟は仏の道を一心に歩み、そこにようやく清安の心域を見出してゆくのである。が、心の内奥に仏道に対するかすかな疑念を抱いていたことはたしかであろう。ただしそれは仏道そのものへの懐疑の念ではなく、いわゆる現世利益的な発想での俗的信仰に対する拒否反応であったろう。浮舟の求めた最後の道は、それとは次元の異なるわが魂の真の救済を求める旅であった。

ところで紫式部日記の中にも仏への思いは縷々綴られているが、基本的には右のそれとさしたる違和感は認められない。人々の嫉妬や羨望の目を潜《くぐ》り抜けるように、ひたすら無知、無能を装う宮廷生活に嫌悪感を余儀なくされることを告白するなかに、次のようにある。

人、といふともかくいふとも、ただ阿弥陀仏にたゆみなく経をならひはべらむ。世のいとはしきことは、すべて露ばかり心もとまらずなりにてはべれば、聖《ひじり》にならむに、解怠《けたい》すべうもはべらず。ただひたみちにそむきても、雲に乗らぬほどのたゆたふべきやうなむはべるべかなる。それにやすらひはべるなり。〈九八〉

人が何と言おうと、ただ一心に阿弥陀仏を信じ読経三昧の日々を送りたいと念じている。現世への執着は今や何もないので、勤行生活がおろそかになることはないと思うが、ただ、一途に出家したところで、死を待つまでの間にいささかでも気持ちの揺らぐことがないかと、それだけが不安で決心がつきかねているという。

そして、もう年齢もかなり重なり、これ以上老いが進むと目も悪くなり、経も読みにくくなり、気持ちも不安定になろうから、今が出家の潮時といえるかもしれない、と言いながら、

心深き人まねのやうにはべれど、いまはただ、かかるかたのことをぞ思ひたまふる。それ、罪深き人は、またかならずしもかなひはべらじ。さきの世知らるることのみおほうはべれば、よろづにつけてぞ悲しくはべる。〈九九〉

式部がこのとき何歳であったか定かではないが、老いの自覚を云々するそこその年齢と言えば当時としては四十歳近くであろうか。信心深い人のものまねのようではあるが、今こそ最終決断の時と実感しているのである。しかし、

自分のように罪深い者に果たしてそれがかなえられることなのかどうか、何とも心もとない。

前世からの罪が思いやられるようなわが身であるから、注(2)という結びを忘れないのである。自身の宿命の拙さに深い思いを致し、仏の救いが得られるかどうか疑念を投げかけているのである。

紫式部の仏への思いは真摯なものであったろう。しかし盲目的に救いを求め、現世での利益を信ずる趣ではない。もっと深く、もっと迷いのある、そして無為、無心を求めてのたゆみない歩みではなかったのか。

(1)釈迦が入滅（死ぬこと）してから五百年を正法《しょうぼう》といい、仏法が大変栄えるよき時代とする。次の千年を像法《ぞうほう》といい、まあまあ仏の教えが伝えられるが、その後の一万年は末法といい、仏法が衰え、修行しても悟る者もいない暗い時代になるという。平安の末ごろが末法に入る時期と考えられ、人々は不安を感じ、仏の教えが衰えないよう仏道修行に励むことが多かった。

(2)仏教では今私たちが生きている時代（現世・今の世）の他に、生まれる前の時代（前世・前の世）と死後の世界（後世・来世・後の世）を想定している。これを三世《さんぜ》、または三界《さんがい》といい、生ある者の魂は三つの世界を次々と流転していくという。それぞれの世での諸々の行、行動（業《ごう》という）が次の世の原因となって、次の世に結果をあらわすという。これを因果の法則という。紫式部は自らの前世は罪深かったので現世での幸いは望めないと考えているが、これは多くの人々の一般的な考え方でもある。従って、信仰心の厚い多くの人々は死後の世界に平安と幸いを託して、現世でなるべくよい行いを積もうとしたのである。

紫式部年譜

年号（西暦）	年齢	事項	背景
天禄元（九七〇）			
天延元（九七三）	1	このころ誕生か	
天元元（九七八）			
寛和二（九八六）			六月　一条天皇即位
正暦元（九九〇）	18	三月　宣孝　吉野の御嶽に参詣 六月　宣孝　筑前守任官	一月　定子入内（十四歳）
長徳元（九九五）			四月　関白道隆没 六月　道長　右大臣任官
二（九九六）	24	父　為時　越前守任官 夏ごろ　父とともに越前の国府（現在の	四月　伊周・隆家失脚　左遷 七月　道長　左大臣任官

		福井県武生市）に下向 このころから、宣孝より求婚の文が度々届けられる	
三（九九七）	25	冬　父と別れて単身帰京	四月　伊周・隆家　帰京を許される
四（九九八）	26	八月　宣孝　右衛門権佐とともに山城守を兼任する 冬ごろ、あるいは翌年、宣孝と結婚か	
長保元（九九九）	27		十一月　彰子入内（十二歳） 十一月　定子第一皇子（敦康）出産
長保二（一〇〇〇）	28	このころ、長女賢子誕生か	二月　彰子中宮になる 定子皇后になる 十二月　定子没（二十五歳）

三（一〇〇一）	29	四月　夫 宣孝没 このころより源氏物語の執筆を始めるか	
寛弘元（一〇〇四）	32	十二月　彰子に出仕か あるいは翌年の十二月か	
二（一〇〇五）	33		
三（一〇〇六）			
四（一〇〇七）			
五（一〇〇八）	36	紫式部日記執筆か	九月　彰子第二皇子（敦成・後の後一条天皇）出産
六（一〇〇九）			十一月　彰子第三皇子（敦良・後の後朱雀天皇）出産

七（一〇一〇）			
八（一〇一一）	39	父　為時　越後守に任官　兄（弟か）惟規とともに任地（現在の新潟県）に下向 十月　惟規任地にて没	六月　一条天皇没 三条天皇即位 第二皇子（敦成）皇太子になる
長和元（一〇一二）			二月　妍子（道長の娘）三条天皇の中宮になる
二（一〇一三）	41	このころまで宮仕えをしていたか	
三（一〇一四）	42	六月　父　為時　任期半ばで越後守を辞任し帰京する （この前後に没か？） このころ長女賢子　彰子のもとに宮仕えに出る。「越後の弁」と呼ばれる。 （十五、六歳）	
四（一〇一五）			

五（一〇一六）	(44)	四月　父　為時、三井寺で出家（七十歳）	一月　敦成親王即位　後一条天皇となる 道長　左大臣摂政任官
寛仁元（一〇一七）			十二月　道長　太政大臣任官
二（一〇一六）			十月　威子（道長の娘）後一条天皇の中宮になる
万寿元（一〇二四）		賢子　このころ藤原兼隆と結婚	
二（一〇二五）		賢子　親仁親王（後の後冷泉天皇）の乳母になる	
長暦元（一〇三七）		賢子　このころ高階成章と結婚	

天喜二（一〇五四）		賢子の夫　高階成章　太宰大弐任官。すでに従三位の位を得ていた賢子は「大弐三位」と呼ばれるようになる。

さくいん

〔人名〕

〔事項（地名含む）〕

〔書名〕

紫式部《むらさきしきぶ》■人と思想《しそう》174　　定価はカバーに表示

2002年８月10日　第１刷発行©
2016年７月25日　新装版第１刷発行©
2017年５月30日　新装版第２刷発行

・著　者　……………………沢田《さわだ》　正子《まさこ》
・発行者　……………………渡部　哲治
・印刷所　……………………図書印刷株式会社
・発行所　……………………株式会社　清水書院

〒102-0072　東京都千代田区飯田橋3－11－6
Tel・03(5213)7151～7
振替口座・00130－3－5283
http://www.shimizushoin.co.jp

検印省略
落丁本・乱丁本は
おとりかえします。

CenturyBooks

Printed in Japan
ISBN978-4-389-42174-8

CenturyBooks

清水書院の〝センチュリーブックス〟発刊のことば

近年の科学技術の発達は、まことに目覚ましいものがあります。月世界への旅行も、近い将来のこととして、夢ではなくなりました。しかし、一方、人間性は疎外され、文化も、商品化されようとしていることも、否定できません。

いま、人間性の回復をはかり、先人の遺した偉大な文化を継承して、高貴な精神の城を守り、明日への創造に資することは、今世紀に生きる私たちの、重大な責務であると信じます。

私たちがここに、「センチュリーブックス」を刊行いたしますのは、人間形成期にある学生・生徒の諸君、職場にある若い世代に精神の糧を提供し、この責任の一端を果たしたいためであります。

ここに読者諸氏の豊かな人間性を讃えつつご愛読を願います。

一九六七年

SHIMIZU SHOIN